Trois heures du matin

Gianrico Carofiglio

Trois heures du matin

Slatkine & Cie

NOTE DE L'AUTEUR

CE RÉCIT ET SES PERSONNAGES (À UNE EXCEPTION PRÈS) SONT LE FRUIT DE L'INVENTION ROMANESQUE. CEPENDANT, L'HISTOIRE EST INSPIRÉE DE FAITS QUI SE SONT RÉELLEMENT DÉROULÉS, ET JE REMERCIE LA PERSONNE QUI ME LES A RACONTÉS.

Je viens d'avoir cinquante et un ans, l'âge qu'avait mon père à l'époque. J'ai pensé que le moment était venu d'écrire sur ces deux jours et ces deux nuits.

Si mon père était encore là, il aurait quatre-vingt-quatre ans. Ça me fait bizarre de l'imaginer âgé. Pour tout dire, j'ai beau essayer, je n'y arrive pas.

Ma mère a quatre-vingt-un ans, c'est une femme très belle et forte. Il paraît que dans sa jeunesse elle ressemblait à Antonella Lualdi. Le seul véritable signe qu'elle vieillit, c'est qu'elle raconte de plus en plus d'histoires appartenant à un passé lointain. Mon père et elle figurent souvent dans ses récits, quand ils étaient jeunes.

Marianne avait trente-sept ans, et elle les aura pour toujours. Je ne sais rien d'elle, pas même si elle est encore vivante. Je sais seulement que sa maison se trouvait rue du Refuge, dans le vieux quartier du Panier, à Marseille.

Moi, je n'avais pas encore dix-huit ans. Je les aurais quelques semaines plus tard, le 30 juin 1983.

1

Je ne saurais dire quand tout a commencé. J'avais sept ans, peut-être un peu plus, je ne me souviens pas précisément. Quand on est enfant, on ne saisit pas bien ce qui est normal et ce qui ne l'est pas.

À vrai dire, même quand on est adulte, on ne le saisit pas vraiment. Mais là je digresse et, dans les limites du possible, je voudrais éviter les digressions.

Environ une fois par mois, il m'arrivait une chose bizarre et plutôt angoissante. Sans le moindre signe avant-coureur, et sans que rien de particulier se soit produit, j'éprouvais soudain une impression d'absence, de détachement par rapport à ce qui m'entourait, et dans le même moment toutes mes sensations s'accéléraient.

D'ordinaire, notre cerveau fait une sélection entre les différents *stimuli* qui nous arrivent du monde extérieur. Nous sommes entourés de sons, d'odeurs, et de toutes sortes de réalités visibles, mais nous ne les captons pas de manière objective. Nous n'entendons pas tout ce qui résonne dans nos tympans, nous ne sentons pas tout ce qui parvient à nos narines, et nous ne voyons pas non plus tout ce qui frappe nos rétines.

Le cerveau décide des perceptions qu'il doit porter à notre connaissance et des informations qu'il doit enregistrer. Le reste demeure à l'extérieur, exclu, et pourtant très présent. Aux aguets, pourrait-on dire.

Interrompez votre lecture et concentrez-vous sur tous les bruits qui vous entourent et dont vous n'aviez pas conscience il y a encore quelques secondes. Même si vous vous trouvez dans une pièce silencieuse, vous allez entendre le ronronnement d'une machine, un bourdonnement, un ronflement, ou encore des voix plus ou moins éloignées et des mots que vous ne distinguerez pas, mais qui sont bien là. Vous allez aussi prendre conscience des mouvements, des vibrations que produisent votre corps, votre respiration, les battements de votre cœur ou les gargouillis de votre appareil digestif.

Ce n'est pas toujours une sensation très agréable. Pour moi, ça ne l'était certainement pas. Mon cerveau cessait de sélectionner, il laissait tout passer. Et en même temps, je devenais temporairement incapable d'entrer en communication avec autrui. Tous ces *stimuli*, trop nombreux, c'était impossible.

Pendant quelques minutes, je n'arrivais plus à prononcer un seul mot. Je restais là, assis dans un coin, comme ivre.

Durant des années, je n'en ai parlé à personne. Il me semblait que c'était une caractéristique normale de ma manière d'être. Et je n'aurais pas vraiment su quoi dire, je n'avais pas les mots pour raconter cette expérience.

Un jour, ça m'est arrivé chez un de mes camarades de classe, Ernesto, le fils d'un officier des carabiniers, qui habitait un immense logement de service. Nous étions dans la salle à manger, nous jouions au *subbuteo*[1] après avoir mangé des caramels – j'ignore pourquoi je me rappelle ce détail.

Sa mère était assise dans un fauteuil, il me semble qu'elle tricotait.

J'étais en position d'attaque, je m'apprêtais à tirer au but depuis un angle très avantageux, mais je ne l'ai pas fait. Soudain, avec une violence que je n'avais encore jamais connue, j'ai été submergé par une gigantesque cacophonie qui a fait irruption comme un fleuve en crue chargé de détritus. Le choc était tellement puissant que j'ai perdu connaissance pendant quelques instants.

---

[1] Jeu de football miniature, dont chaque figurine est déplacée au moyen d'une pichenette.

Je me suis réveillé dans un fauteuil, celui-là même où se trouvait la mère d'Ernesto un moment auparavant. Penchée vers moi, elle me caressait le visage. Elle était inquiète.

— Antonio, Antonio, comment tu te sens ?

— Bien, répondis-je, sans grande conviction.

— Qu'est-ce qui t'est arrivé ?

— Pourquoi ? Qu'est-ce qui s'est passé ?

— Tu ne parlais pas. On aurait dit que tu n'entendais pas non plus. Et tu t'es évanoui.

Les bruits avaient cessé, j'étais encore dans un état de confusion, j'avais du mal à parler. La mère d'Ernesto a appelé la mienne et lui a raconté ce qui s'était passé.

De retour à la maison, j'ai été soumis à un nouvel interrogatoire.

— Qu'est-ce qui t'est arrivé, Antonio ?

— Je ne sais pas. Enfin, rien de bizarre.

— La maman d'Ernesto m'a dit qu'ils te parlaient et que tu ne répondais pas, comme si tu étais absent ou endormi.

— Ça m'arrive, parfois...

— Qu'est-ce qui t'arrive ?

Je me suis efforcé de décrire ce qui m'arrivait de temps à autre et qui avait pris, cet après-midi-là, une forme plus violente.

J'avais la sensation que quelqu'un battait le tambour dans ma poitrine. Ma respiration prenait une telle place, j'étais persuadé que, par un moment de distraction, si j'arrêtais de *penser* à respirer, j'allais mourir asphyxié. Les sons les plus ordinaires devenaient un enchevêtrement de vacarmes. Et aussi, quelque chose d'autre m'arrivait assez fréquemment, j'avais l'impression d'avoir déjà vécu le moment que j'étais en train de vivre. On m'a expliqué ensuite que ça s'appelait le « *déjà-vu**[1] » et que c'était un phénomène relativement normal. Mais je l'ignorais alors, et ça me donnait l'impression d'habiter dans un monde de fantômes.

Ma mère a appelé mon père, il est arrivé une demiheure plus tard. J'en ai déduit que mon problème devait être assez sérieux et que je sous-estimais mes symptômes. Mes parents s'étaient séparés quand j'avais neuf ans et mon père n'était pas entré depuis chez ma mère, dans son ancien domicile, sauf à de très rares occasions, et jamais le soir. Quand il passait me prendre, il s'arrêtait devant chez nous, je descendais l'escalier, je montais dans la voiture, et nous démarrions aussitôt.

Il m'a répété les mêmes questions et je crois lui avoir fourni les mêmes réponses. Après quoi, ils ont appelé le docteur Placidi, notre médecin de famille.

---

[1] En français dans le texte, comme toutes les expressions accompagnées d'un astérisque.

C'était un vieil homme sympathique avec de grandes moustaches blanches, un nez couperosé et une haleine douceâtre que j'ai été capable d'identifier des années plus tard. Qui sait si mes parents se rendaient compte que notre médecin de famille n'était pas vraiment sobre.

Il est venu chez nous, m'a ausculté et m'a posé un tas de questions. Avais-je des convulsions ? Il m'a expliqué ce que c'était, j'ai répondu que non, je n'en avais jamais eu. Avais-je eu des hallucinations colorées ou des moments de noir total ? Non, ça non plus.

Il y avait juste ces instants saturés de sensations où je restais conscient et capable de m'orienter, mais avec difficulté.

Cet après-midi-là, chez Ernesto, tout avait été plus intense. Mais dans le fond, ça ne me semblait pas tellement différent des fois où, à l'école, j'étais distrait et, n'écoutant plus les profs, je me mettais à rêvasser.

— Ça t'arrive souvent, à l'école, d'être distrait ? a demandé le médecin.

— Parfois.

— Comme si tu n'entendais plus tes professeurs ?

J'ai coulé un regard vers ma mère et mon père. Je n'étais pas certain de devoir partager ce genre d'information avec eux, mais j'ai décidé qu'il valait mieux collaborer avec le docteur et j'ai dit oui. Il a souri en signe d'approbation, comme si j'avais donné la bonne réponse. Son haleine était un peu plus chargée que d'habitude.

Il m'a fait faire quelques exercices étranges, me mettre en équilibre sur une jambe, fermer les yeux et me toucher le bout du nez, d'abord avec l'index droit puis avec le gauche, ou serrer fortement son pouce dans mon poing.

« Il n'y a aucune inquiétude à avoir, a-t-il fini par conclure en se tournant vers mon père. C'est une banale perturbation neurovégétative, ça arrive aux enfants, surtout quand ils sont très sensibles. Ces phénomènes disparaîtront à l'adolescence. »

Puis il s'est adressé à moi.

« Ton cerveau a une suractivité électrique, c'est un signe d'intelligence. »

Disons-le, son diagnostic était plutôt vague. Perturbation neurovégétative, ça voulait un peu tout dire, autrement dit rien. Comme si on allait chez le médecin pour un mal de tête et que, à la fin de la visite, on s'entendait dire qu'on avait mal à la tête.

Néanmoins, le docteur Placidi avait un air rassurant, une manière de parler rassurante – haleine mise à part – et, de fait, mes parents furent rassurés. La vie reprit son cours et la mésaventure de cet après-midi fut vite oubliée.

2

Quelques années s'écoulèrent, plutôt normalement.

Malgré le diagnostic un peu approximatif de notre médecin, sa prévision se révéla exacte. Désormais, le phénomène m'arrivait moins d'une fois par mois et, petit à petit, les sensations s'atténuaient, s'estompaient.

La seule chose qui m'inquiétait encore, c'était cette impression de *déjà-vu*, vaguement nimbée de surnaturel. Mais ce n'était finalement que l'affaire de quelques secondes.

Je m'apprêtais à archiver toute cette histoire, comme lorsqu'on vide les armoires et les étagères de sa chambre d'enfant et qu'on se débarrasse pour toujours des cahiers à grands carreaux, des livres de lecture, des blouses d'écolier ornées de nœuds, et des boîtes avec les petits soldats, les animaux et les voitures miniatures.

J'étais en première année de lycée, je venais de rentrer de l'école. Ma mère aussi revenait tout juste de l'université. Elle préparait quelque chose pour le déjeuner ou elle parlait au téléphone, je ne sais plus.

J'étais dans ma chambre, sur mon fauteuil à bascule, en train de lire un album de *Tex*[1]. Tout à coup, les fenêtres se sont mises à vibrer, sous l'effet du vent, j'imagine, mais en produisant un bruit tellement puissant que j'ai cru à un tremblement de terre. Je me suis levé avec prudence et j'ai été heurté par un trop-plein de sons, la télévision dans la pièce voisine, un cyclomoteur dans la rue, mon cœur qui s'emballait dans ma poitrine, mes halètements inquiétants, comme dans un documentaire sur le monde sous-marin ou un film à suspense, et même le bruit de mes pauvres pas mal assurés sur le sol.

J'avais un couvre-lit bleu ciel, presque aigue-marine. Tout à coup, cette couleur douce et apaisante est devenue menaçante, s'est animée, a bondi vers moi et, comme une sorte de réalité psychédélique, elle m'a transpercé avec une violence surnaturelle.

Aussitôt après, ce même couvre-lit s'est mis à émettre un faisceau de lumière, une espèce d'arc-en-ciel,

---

[1] Tex Willer est le héros d'une bande dessinée créée par Giovanni Bonelli en 1948.

d'abord azur puis bleu marine, puis jaune, et d'autres couleurs encore, avant de devenir d'un blanc éblouissant et de se transformer en une série de traînées lumineuses qui s'entrecroisaient, se rapprochaient, se morcelaient et se multipliaient, en emplissant peu à peu mon champ de vision. Le vacarme était devenu assourdissant. J'ai plaqué les mains sur mes oreilles, j'ai tenté d'appeler à l'aide. Je ne sais pas si j'y suis arrivé. C'est la dernière chose dont je me souviens.

Des années plus tard, ma mère m'a raconté qu'elle m'avait retrouvé couché par terre, secoué de convulsions, les yeux révulsés, inconscient.

Dans mon film personnel, cette scène de fondu s'enchaîne sur un plan subjectif, pris depuis un lit d'hôpital dans une chambre aux meubles couleur lait condensé.

Il y a des gens autour de moi mais, à cet instant précis, personne ne me regarde. Je vois ma mère, mon père et des hommes en blouse blanche. Ils parlent entre eux, à voix basse. Et quelqu'un s'aperçoit que je suis réveillé. Mes parents viennent à côté de moi. « Antonio, comment te sens-tu ? », demande ma mère, elle me prend la main et me caresse le front. C'est un geste inhabituel qui, je ne saurais dire pourquoi, me donne envie de pleurer.

— Qu'est-ce qui s'est passé ? Je pose la question quelques secondes plus tard.

— Tu... tu as eu un malaise, un gros vertige...

Elle a un ton bizarre. D'ordinaire, elle parle toujours de manière claire et nette, avec des phrases bien construites, comme si elle lisait un texte écrit avec soin. Pas cette fois.

« Tu as eu un malaise, répéta mon père, mais ne t'inquiète pas, maintenant nous sommes à l'hôpital. Les médecins font tous les contrôles nécessaires, et ensuite, on te ramènera vite à la maison. »

Malgré l'état de torpeur dans lequel je me trouvais – l'effet du valium – la dissonance entre les paroles rassurantes de mon père et son expression m'est très clairement apparue. On aurait dit un garçonnet qui avait soudain tout appris de la véritable nature du monde et de ses dangers mortels.

Un des hommes en blouse s'est placé près de lui. Il avait le teint mat, un soupçon de barbe noire qui montait jusqu'au-dessus des pommettes et des cheveux implantés très bas sur le front. Il m'a demandé comment je me sentais, et ce que j'avais éprouvé avant de perdre connaissance. Il m'a posé d'autres questions que je ne comprenais pas toujours bien.

J'avais sommeil, c'était comme si je m'étais réveillé quelques instants pour regarder autour de moi et que je voulais me rendormir immédiatement.

Mes souvenirs des jours qui ont suivi sont assez flous aussi. En tout cas, ils ne se sont pas déroulés comme mon père l'avait promis. On ne m'a pas ramené vite à la maison. Je suis resté assez longtemps à l'hôpital, plus d'une semaine.

Pendant ce séjour, le temps a perdu pour moi toute structure. Le matin, le soir, la nuit s'entremêlaient, entre somnolence constante et sommeil sans repos, tandis que des hommes et des femmes vêtus de blanc venaient me voir, me demandaient de tirer la langue, me faisaient des piqûres et m'administraient cachets et gouttes en tout genre. Parfois, ils m'emmenaient dans une salle de soins remplie d'appareils qui avaient l'air vieux et faisaient un peu peur. Ils me posaient des électrodes sur la tête, m'obligeaient à des exercices d'équilibre et examinaient d'un œil blasé les feuilles imprimées qui sortaient de leurs machines. Ensuite, ils me ramenaient dans ma chambre, je me jetais de nouveau sur mon lit et je restais à végéter, sans jamais me lever. Je n'avais envie de rien, pas même de lire les livres et les bandes dessinées que m'apportaient mes parents et les membres de ma famille venus me rendre visite, tous affligés mais feignant la désinvolture. Je partageais ma chambre avec un autre garçon, dans un état pire que le mien. Lui aussi restait toujours alité, il avait une perfusion dans le bras et semblait absent au monde. Seule sa mère venait le voir, une femme grisâtre vieillie prématurément, dans le regard de laquelle je saisissais parfois de sombres éclairs de rancœur.

J'eus encore deux crises, mais beaucoup moins fortes, et j'appris le nom de ma maladie : épilepsie idiopathique. Ce qui signifie : épilepsie dont les médecins ne savent pas expliquer la cause, sur laquelle ils formulent au mieux des conjectures plus ou moins sensées. Mon épilepsie venait peut-être d'un traumatisme à la naissance, mais peut-être les raisons étaient-elles à chercher ailleurs, et peut-être ne les découvrirait-on jamais.

Sur cette base peu prometteuse, les docteurs élaborèrent un plan thérapeutique complexe et décidèrent qu'ils pouvaient me laisser sortir.

Le pire était à venir.

3

Dans ma mémoire, il y a une continuité terne entre mes journées à l'hôpital, au lit, sans énergie ni envie de faire quoi que ce soit, et mes journées à la maison, au lit, sans énergie ni envie de faire quoi que ce soit.

Quand j'étais parti de l'hôpital, les médecins du service de neurologie nous avaient remis plusieurs feuilles d'ordonnances. Je devais prendre quatre comprimés par jour, un antiépileptique, des vitamines, un deuxième antiépileptique et encore un autre médicament, chacun à une heure différente.

Tout ça me compliquait déjà la vie. Mais mon véritable problème, ce n'était pas les médicaments. Une de leurs ordonnances énumérait aussi les règles de vie qu'il me fallait suivre rigoureusement. Elles étaient très variées et, avec le recul, plutôt absurdes :

éviter les lieux trop fréquentés et, en particulier, ceux qui présentaient « des seuils de bruit élevés », s'abstenir de sports de contact, football compris, se coucher de bonne heure, dormir neuf heures par jour, éviter le café et tout autre type d'alcaloïde ou d'excitant, et mener une vie régulière. Enfin, je devais supprimer les boissons gazeuses, eau minérale comprise.

Les boissons gazeuses. Le chef de service avait expliqué à mes parents, tout de suite perplexes sur les fondements scientifiques de cet étrange précepte, que la consommation de ces boissons pouvait activer je ne sais trop quelle réaction qui, à son tour, était susceptible de déclencher une nouvelle crise épileptique.

Voilà. Le vrai problème, c'était ça, ces mots, avec leur sonorité désagréable et leur goût de honte.

Crise épileptique. Épilepsie. Sujet épileptique. J'étais un sujet épileptique, une condition inavouable qui, rien à faire, évoquait la maladie mentale, et qu'il valait mieux dissimuler. J'en avais eu l'intuition pendant mon hospitalisation, et cela m'est apparu encore plus clairement au moment de retourner en cours, lorsque ma mère m'a tenu un discours empreint d'une étrange gêne.

« Alors demain, tu retournes au lycée… Ça te fait plaisir, hein ? »

Non, cela ne me faisait pas particulièrement plaisir. J'étais aboulique, sans volonté. Rien n'avait, à l'intérieur comme à l'extérieur de moi, la moindre saveur.

J'ai haussé les épaules, sans conviction. Je ne lui facilitais pas la tâche.

«Je vais t'accompagner, a-t-elle poursuivi, comme ça, j'apporterai ton certificat médical, pour leur montrer que tout va bien.» Ah bon, tout va bien? «Sur le certificat, il est écrit que tu as eu une commotion cérébrale à la suite d'une chute, que tu as été hospitalisé pour procéder à des examens, et que maintenant tout va bien.»

La formulation se voulait affirmative, et pourtant son ton était hésitant, presque interrogatif, comme si elle formulait une hypothèse ou une feuille de route et qu'elle me demandait mon approbation.

«Comme le docteur l'a expliqué, ta... ta *condition* pourrait s'arranger, enfin, elle s'arrangera certainement en l'espace de quelques années, en prenant les médicaments et tout le reste... Du coup, il n'est pas nécessaire d'expliquer de quoi il s'agit dans les détails.»

Elle me fixait pour voir si je la suivais. Oui, je la suivais. Ma mère avait mis des mots sur ma première impression, restée confuse: j'avais une maladie honteuse et il valait mieux qu'elle reste cachée.

«Les jeunes, et à vrai dire les adultes aussi, sont parfois de vrais imbéciles. Au moindre problème, ils mettent des étiquettes sur les gens. Alors, si on te demande pourquoi tu as été absent, tu réponds que tu es tombé chez toi, que tu t'es cogné violemment la tête, que tu as été hospitalisé pour vérifier s'il n'y avait pas de séquelle, mais que maintenant tout va bien. D'accord ?»

Elle a prononcé ces dernières phrases dans un souffle, comme pour se libérer d'une obligation fâcheuse et embarrassante. Ma mère aimait se considérer comme une personne qui disait toujours la vérité, et elle était en train de violer une des règles constitutives de son identité.

«D'accord», ai-je dit, sans autre commentaire.

Elle m'a regardé de nouveau. La conversation n'était pas finie.

— Antonio...

— Oui ?

— Pendant quelque temps, évite de jouer au football, ne t'agite pas trop, fais attention à toi. Le médecin dit que ce qui t'est arrivé ne se reproduira sans doute pas, mais qu'il faut éviter de réunir les conditions qui pourraient activer le... problème. Tu devras faire preuve d'un peu de patience, mais dans quelques mois nous aurons la visite de contrôle, et je suis sûre que tu pourras bientôt recommencer à faire tout ce que tu veux.

— Dans combien de temps ?

— Je ne peux pas encore te le dire précisément...

Elle a poussé un soupir. Ne pas savoir comment se comporter lui était inhabituel. Je crois que ma maladie donnait à ma mère un sentiment de fragilité, nouveau pour elle, et qu'elle ne supportait pas.

« Dans quelques mois, ce sera la visite de contrôle, on verra à ce moment-là », continua-t-elle. Sa main ouverte faisait un geste qui voulait marquer une conclusion mais n'exprimait que sa frustration. Et elle m'a dressé une nouvelle fois la liste des règles de vie à suivre.

De toutes ces consignes, celle qui me semblait la plus humiliante était la perspective de renoncer après le lycée aux matchs de foot, qui se finissaient généralement par une eau gazeuse à la buvette du jardin public.

Je me sentais invalide, différent.

La situation était aussi désagréable que simple : j'étais malade, j'avais une maladie qu'il fallait cacher, ma vie allait changer. Plus exactement, elle allait empirer.

« Tout va bien se passer, il n'y a aucune raison de s'inquiéter », a conclu ma mère en déployant, comme mon père à l'hôpital, une parfaite démonstration de dissonance cognitive : ses paroles disaient une chose et son visage, son expression, disaient quelque chose de radicalement différent.

4

Comme on pouvait facilement le prévoir, tout ne se passa pas bien.

J'ai été dispensé de sport, ce qui n'a guère contribué à ma resocialisation. J'ignore si mes camarades ont gobé cette histoire de chute à la maison ou si certains ont imaginé au contraire que j'avais un « problème de santé » moins banal que les simples effets d'une contusion. Ce qui était sûr, c'est que je me sentais observé.

Peut-être était-ce la paranoïa typique de ceux qui se retrouvent dans ce genre de situation, mais il me semblait que les autres jeunes, les profs et même les surveillants me traitaient avec des précautions ostensibles, excessives, vexantes. Quand je passais près d'un petit groupe de camarades, j'avais l'impression que tous s'arrêtaient soudain de parler et qu'ils échangeaient des regards entendus, chargés de commisération.

Pour résumer, je commençais à me sentir un invalide doublé d'un paria. Le matin, je me traînais au lycée, poussé par ma mère. Le reste du temps, je ne sortais pas de chez moi. Je ne pouvais plus jouer au foot et je n'avais aucune envie de donner des explications ni de mentir à mes amis. Je passais mes après-midi seul, affalé sur le canapé à regarder la télé sans vraiment suivre les programmes, je me bâfrais de tout ce que je pouvais trouver dans le frigo ou le garde-manger. Je m'abandonnais de plus en plus souvent à de sombres élucubrations sur un monde dominé par la prédestination, la maladie et la mort.

Très tôt, dès ma troisième année d'école primaire, j'avais été un passionné de lecture. C'était mon passe-temps préféré et, de ce point de vue, je vivais dans des conditions privilégiées, notre maison était remplie de livres en tout genre, des encyclopédies et des séries d'œuvres complètes, Salgari, Dumas, Conan Doyle, sans oublier une riche collection de Maigret.

Après ma crise et mon hospitalisation, j'ai cessé de lire. Au mieux, je feuilletais distraitement de vieux albums de bandes dessinées, avachi sur le même canapé que celui où je regardais la télévision, mais je n'avais plus aucune envie de lire autre chose. Rien que d'y penser, je ne comprenais pas comment j'avais pu tellement aimer ça par le passé. On aurait dit que je n'avais jamais ouvert un livre de ma vie.

J'ai du mal à dire aujourd'hui si cette apathie était due aux médicaments ou si je m'étais identifié au rôle du malade. Selon toute vraisemblance, c'était sans doute lié aux deux, mais plus le temps passait, plus la situation s'aggravait.

Cela ne pouvait pas échapper à mes parents.

Un jour de février, mon père est venu nous voir à la maison. Ma mère et lui se sont dit bonjour avec cette courtoisie habituelle qui me tapait tellement sur les nerfs. Je me demandais toujours pourquoi ma mère, qui avait, pour autant que je puisse en juger, été larguée par mon père, ne nourrissait pas, ne manifestait pas un sain ressentiment à son égard.

« Lundi prochain, on va à Marseille », a annoncé mon père sans préambule. Ma mère écoutait en silence, à l'évidence elle était déjà au courant du projet.

— Où ça ? ai-je demandé.

— À Marseille, en France.

— Et qu'est-ce qu'on va y faire ?

Il m'a expliqué que ma mère et lui avaient compris que tout ne fonctionnait pas dans le traitement que je suivais. Ils avaient des doutes sur la quantité de médicaments, sur leur dosage, et sur l'extravagance de certaines règles de vie. Ils avaient compris que, dans l'ensemble, j'étais en difficulté (quelle foudroyante intuition ! ai-je failli m'exclamer avec ce qui me restait d'agressivité adolescente). En bref, il fallait consulter un autre médecin et vérifier si la thérapie que je suivais convenait ou s'il fallait la modifier. Ils avaient commencé à s'informer pour savoir quels étaient en Italie et à l'étranger les meilleurs spécialistes de ce «trouble» – je crois que mes parents n'ont jamais prononcé en ma présence le mot «épilepsie». Leur recherche les avait amenés à conclure que le meilleur spécialiste de ce «trouble» chez les enfants et les jeunes était un certain professeur Henri Gastaut, à Marseille.

La liste d'attente pour consulter cette sommité était très longue. Mais mon père avait téléphoné à sa secrétaire pour vérifier s'il y avait moyen d'avoir un rendez-vous plus tôt, et il se trouvait qu'il était possible de le voir quatre jours plus tard, un autre patient ayant annulé. Pouvions-nous venir dans un délai aussi court? avait demandé la secrétaire. Oui, c'est faisable, avait répondu mon père. Et il avait aussitôt organisé le voyage, billets, devises, réservation de l'hôtel, et maintenant il était là pour m'apprendre que nous allions partir pour la France, tous les trois.

J'ai eu envie de répondre que je n'avais pas envie d'y aller, à Marseille; j'avais lu, ou vu à la télé, que c'était une ville dangereuse. Mais c'était surtout par pur esprit de contradiction: ce que je n'aimais pas, c'était d'être mis devant le fait accompli. En plus, l'idée d'un voyage avec mes parents, séparés depuis des années, me jetait dans une inavouable mélancolie.

Je me suis contenté de pousser un gros soupir en signe de protestation et, quatre jours plus tard, nous étions à Marseille.

La ville me sembla inhospitalière et grise à cause de la saison et de la pluie qui ne cessait pas de tomber. La mer devait être quelque part mais je ne me rappelle pas l'avoir vue. En fait, je n'ai rien vu pendant ce séjour, hormis l'hôtel, l'hôpital, et encore l'hôtel.

Il y avait de la moquette dans les chambres de l'Hôtel de Provence ainsi qu'une odeur vaguement métallique, comme de la fonte. Je ne me rappelle rien d'autre de cet endroit, à part que ma mère avait une chambre simple et que mon père et moi en partagions une double. Ils se comportaient l'un envers l'autre comme deux simples connaissances, avec courtoisie et détachement.

C'était une situation triste, gênante, et je me disais que j'aurais voulu être adulte, en bonne santé, seul et loin d'ici.

5

Le centre Saint-Paul pour le traitement de l'épilepsie était un grand bâtiment moderne et plutôt anonyme, dans une zone indéfinissable, hors du centre-ville. Nous y sommes arrivés en taxi, moi au milieu, mon père d'un côté, ma mère de l'autre.

À la différence de l'hôpital où j'avais été admis après ma crise, tout marchait bien dans cet établissement-là. Il régnait une atmosphère de sereine efficacité. On avait l'impression d'être dans un autre monde et, au vu de l'incroyable modernité des équipements, dans une autre époque aussi.

Nous avons été reçus par un jeune médecin, un collaborateur du professeur Gastaut, qui effectua tous les examens préliminaires. Il expliqua à mes parents, qui parlaient tous les deux français avec une grande aisance, que je rencontrerais le professeur à l'issue de ces contrôles, une fois la documentation prête. Je songeai que je ne pourrais jamais parler avec le même naturel dans une autre langue que l'italien.

Deux jours s'écoulèrent, au cours desquels on me fit tout faire. J'en ai gardé un souvenir confus, les images se chevauchent. Des électrodes sur la tête, des lits étroits, des ordinateurs, des graphiques, des radios et d'autres choses encore, toutes sortes de machines futuristes, dont l'une qui me bombardait les yeux d'images colorées, à une cadence très rapide, dans une espèce de délire psychédélique.

Je me souviens qu'il y avait plein de médecins et d'infirmiers et, surtout, plein d'enfants et d'adolescents dans les salles d'attente des différents départements. Certains portaient des casques, d'autres n'avaient presque plus de dents, ou de gros bleus sur le visage, des pansements sur la tête. C'était un spectacle inquiétant.

On m'expliqua que c'était dû à la fréquence des crises, à la violence propre à certaines formes d'épilepsie graves. Ces jeunes perdaient connaissance, faisaient des chutes dangereuses, se cassaient les dents et se brisaient le crâne.

En les regardant – et j'en ai vu beaucoup durant ces trois jours à l'hôpital Saint-Paul – j'éprouvais deux sentiments contrastés et presque contradictoires. D'un côté, je me disais que, au fond, j'avais de la chance : ma situation aurait pu être bien pire, en fin de compte je ne m'étais évanoui qu'une seule fois, et je n'étais pas obligé de me balader avec un de ces rictus d'édenté un peu effrayant. Mais d'un autre côté, je me demandais si j'étais vraiment en sécurité, si ma condition ne risquait pas de se dégrader, si je n'allais pas me retrouver moi aussi dans un Cercle de l'Enfer, en compagnie de ces invalides de mon âge, d'évidence tellement malheureux.

Le moment est venu de rencontrer le professeur Gastaut. La porte de son bureau s'est ouverte à onze heures précises, l'heure fixée pour notre rendez-vous. La première chose que je me suis dite, en me retrouvant devant lui, c'était qu'il faisait penser à un acteur, genre Michel Piccoli, pour vous donner une idée.

Il dégageait une impression de détermination joyeuse, un peu gasconne, avec une barbe grise et fournie, des sourcils broussailleux et des yeux sombres, très mobiles, qui semblaient toujours en équilibre entre l'éclat de rire et la colère.

Il a feuilleté mon dossier clinique, s'est arrêté sur quelques documents. À un moment donné, avec une expression mi-amusée, mi-dégoûtée, il a bougonné quelque chose à propos des « boissons gazeuses ».

Pour finir, il a levé les yeux vers moi et m'a souri.

« Est-ce qu'il y a quelque chose que tu aimes faire, Antonio ? As-tu un talent particulier ? Musique, dessin ? Une autre activité créative ? » Il parlait un bon italien et avait l'air satisfait, pour ne pas dire fier, d'en faire la démonstration. Sa question me prit de court.

— J'aime bien dessiner, répondis-je après une dizaine de secondes.

— Tu serais capable de faire mon portrait? Juste une petite esquisse?

— Heu... oui, je crois.

Il me donna un bloc de papier à dessin, deux crayons et, comme il me l'avait demandé, je fis son portrait, sous le regard plutôt ébahi de ma mère et de mon père. Quand j'eus terminé, je lui tendis la feuille qu'il examina en hochant la tête. Je ne sais pas s'il acquiesçait parce qu'il appréciait mon dessin ou parce que le fait que je sache dessiner confirmait une de ses intuitions ou de ses théories.

«Il existe plusieurs types d'épilepsie, finit-il par dire. Celle d'Antonio n'est pas grave et, heureusement, le pronostic est bon. Dans quelques années, il pourrait ne plus avoir besoin de médicaments.»

Il continua en nous expliquant qu'il n'y avait jamais de certitudes absolues en médecine, mais qu'en somme on pouvait être raisonnablement optimistes. Il était impossible d'établir l'origine de ma pathologie. Il s'agissait en effet d'une classique épilepsie idiopathique, on pouvait supposer qu'elle venait d'un traumatisme à la naissance. Il fallait redéfinir et surtout simplifier ma thérapie. Au lieu des quatre différents médicaments que je prenais tous les jours, il me suffirait d'en prendre un seul. Quant aux précautions à adopter, peut-être valait-il mieux éviter la boxe, le rugby ou la lutte gréco-romaine, mais pour le reste, j'étais libre de faire ce que je voulais, y compris de jouer au football. On se reverrait dans trois ans et, à ce moment-là, on pourrait selon toute probabilité archiver l'affaire.

Nous avons écouté tout cela jusqu'au bout, de plus en plus soulagés. Ma mère et mon père avaient l'expression de deux coaccusés qui viennent d'entendre le juge lire une sentence d'acquittement. Évidemment, moi aussi, j'étais très satisfait. Il y avait cependant quelque chose que Gastaut ne disait pas, mais que je voulais savoir.

«Pourquoi m'avez-vous demandé de dessiner?», lui ai-je demandé quand il fut évident qu'il attendait la question. Il a souri, comme si c'était un petit jeu:

— Depuis des années, je m'intéresse aux liens possibles entre l'épilepsie et le talent, et en particulier le talent artistique. J'ai écrit un certain nombre d'articles sur le sujet. Énormément de grands personnages étaient épileptiques.

— Qui était épileptique? ai-je demandé, en me rendant compte que c'était la première fois que je parvenais à prononcer ce mot.

— Pour ne donner que quelques exemples, je peux citer: Aristote, Pascal, Edgar Allan Poe, Fiodor Dostoïevski, Georg Friedrich Händel, Jules César, Gustave Flaubert, Guy de Maupassant, Hector Berlioz,

Isaac Newton, Molière, Léon Tolstoï, Léonard de Vinci, Ludwig van Beethoven, Michel-Ange, Socrate, Vincent Van Gogh.

J'ai digéré l'information. C'est bizarre comme une seule et même chose peut nous faire réagir d'une manière totalement différente selon la manière dont nous la percevons, selon le contexte mental dans lequel nous la plaçons.

Depuis qu'on m'avait établi ce diagnostic, l'épilepsie avait été pour moi un stigmate d'infériorité, une marque d'infamie à occulter à tout prix. Après ce qu'avait dit Gastaut, après avoir entendu cette liste de génies qui avaient eu, apparemment, un problème analogue au mien, mon monde intérieur connut un mouvement de rotation sur son propre axe, qui fut comme un passage de la nuit au jour. Je m'étais senti un paria et, tout à coup, exactement la même cause me faisait me sentir presque un élu, membre d'une caste d'êtres supérieurs, à part.

« S'il te plaît, signe ton dessin », dit Gastaut d'un ton presque cérémonieux. J'apposai ma signature, ce qui me parut un geste naturel, comme si je souscrivais ainsi un contrat avec ma nouvelle vie, qui commençait à ce moment-là.

Puis le professeur s'est levé. Il nous a serré la main en répétant que nous nous reverrions dans trois ans, et il nous a raccompagnés à la porte.

— Ah oui, Antonio..., a-t-il ajouté alors qu'il avait déjà la main sur la poignée.

— Oui?
— Tu peux en boire.
— De quoi?
— Des boissons gazeuses!

6

Avec un traitement aussi peu agressif et le sentiment de normalité que le diagnostic du professeur Gastaut m'avait rendu, ma vie reprit son rythme ordinaire.

La dépression latente dans laquelle je m'étais enfoncé après mon hospitalisation disparut du jour au lendemain. Je me remis à faire ce que je faisais auparavant, y compris jouer au football et boire de l'eau gazeuse. Bref, je recommençai à me couler dans le moule des jeunes de mon âge, tout en désirant en même temps être très différent d'eux. Il s'agissait là d'une schizophrénie typique des adolescents : œuvrer pour se conformer tout en se rêvant différent.

Je me remis même à lire.

Trois années s'écoulèrent, lentes et presque immobiles : c'était une espèce de présent éternel, une époque insaisissable, riche de rêveries plutôt que d'événements remarquables. En fait, au lieu de vivre des expériences, je les fantasmais. Dans mon avenir imaginaire, j'écrivais des livres, j'inventais des bandes dessinées et je réalisais des dessins animés avec des personnages qui devenaient aussi célèbres, aimés et populaires que ceux de Disney ou de Marvel. Je me créais une existence nébuleuse et merveilleuse faite de voyages à travers le monde, d'aventures et de rencontres romantiques avec des filles belles et fascinantes.

Ma vie dans le monde réel était plutôt fade. J'aimerais pouvoir dire que j'ai eu une adolescence remplie d'épisodes inoubliables, malheureusement il n'en a pas été ainsi.

Les souvenirs les plus émouvants qui me restent de cette période, ce sont les rêveries que je faisais, et les moments où je les faisais : pendant une promenade, allongé sur mon lit en train d'écouter de la musique, ou assis dans l'escalier ou la cour de mon établissement pendant la grève des élèves, lors de ma première année de lycée.

En revanche, bien peu de *faits* concrets ont marqué mon adolescence.

J'ai eu une brève histoire avec une fille de mon âge, Mara. À l'époque, on ne disait pas qu'on « sortait avec » quelqu'un et, de toute façon, l'expression aurait été inadaptée à notre rencontre rapide, et notre séparation plus rapide encore.

Nous nous étions connus à une soirée. Nous sommes allés au cinéma ensemble à deux reprises. Nous avons marché main dans la main pendant quelques semaines, échangé quelques baisers et des caresses maladroites sous des porches humides. C'était ma toute première expérience – un terme peut-être excessif dans les faits –, et seule sa nouveauté justifie qu'elle n'ait pas totalement sombré dans l'oubli. Notre histoire a pris fin au bout de deux mois, sans qu'aucun de nous deux ait perdu sa virginité, et sans que le sujet ait seulement été mis à l'ordre du jour.

Hormis cette parenthèse avec Mara, inhabile mais réelle, je me consacrai surtout, selon mon tempérament, à des amours imaginaires. Je tombai notamment amoureux à distance d'une fille qui ressemblait à Sophie Marceau. Elle ne me remarqua jamais, trop occupée qu'elle était à fréquenter des gars de vingt-cinq ans avec des voitures décapotables et des motos de grosse cylindrée. À vrai dire, rétrospectivement, ce fut plutôt une chance : si elle s'était rendu compte de mon existence, j'aurais fini par lui remettre les poésies que j'avais écrites pour elle et je me serais couvert de ridicule pour toujours.

Une autre chose dont je me souviens – comme de certains rêves angoissants qu'on fait à l'aube, et qui sont effroyablement réels –, c'est du suicide d'un garçon de mon lycée, un jeune de mon âge, je ne le connaissais que de vue.

C'est une de mes camarades de classe qui m'a raconté ce qui s'était passé. Nous rentrions à la maison après les cours. Elle m'en a parlé au moment où nous passions devant un pressing, avec cette odeur reconnaissable entre toutes de vapeur, de fers à repasser, d'apprêt et de nettoyage à sec. Depuis, l'odeur des teintureries fait immanquablement ressurgir dans ma mémoire ce garçon à l'air un peu gauche, le front et le nez couverts d'acné, qui ce matin-là, aux alentours de huit heures, au lieu de venir en classe, avait enjambé la rambarde de son balcon et s'était laissé tomber. Sept étages d'un immeuble moderne, ça fait vingt et un mètres, c'est la première chose qui m'était venue à l'esprit. Je me suis demandé si, au cours d'un vol de plus de vingt mètres, on avait le temps de se rendre compte de ce qu'on a fait, de se dire qu'on aurait pu faire autrement.

J'ai tout de suite pensé que oui. Un jour, à la piscine municipale, je m'étais élancé par défi du plongeoir olympique de dix mètres, et j'avais eu le temps de réfléchir – et comment ! – à ce que j'avais fait. Cela avait certainement été le cas pour lui aussi, et dans toute cette histoire, c'est ce qui m'a paru le plus horrible. J'ai fouillé dans ma mémoire à la recherche d'indices, de symptômes ou de signes annonciateurs de ce drame. J'imagine que nous les avons tous cherchés, pour nous persuader que ce jeune avait quelque chose de différent, et que ce qui lui était arrivé ne pouvait pas nous arriver, à nous.

Je ne suis pas parvenu à trouver le moindre symptôme, le moindre signe annonciateur. La vérité, c'est qu'Enrico – puisqu'il s'appelait ainsi, bien que je pense n'avoir jamais prononcé son nom – avait l'air normal, comme tout le monde. Nous avons tous fait de nombreuses conjectures, mais aucun de nous n'a jamais compris ce qui l'avait poussé à l'acte. S'il avait une faille en lui, s'il portait quelques signes de cette prédestination, ils étaient tellement bien cachés que personne ne les avait jamais remarqués ni n'arrivait à s'en souvenir.

La mort d'Enrico fut la première rupture du sens dans ma vie, ma première perception du chaos, un événement tellement énorme et absurde que l'intelligence se perdait à essayer de le déchiffrer.

C'est peut-être pour nous mettre à l'abri de ce vertigineux sentiment d'absurdité et pour échapper à l'abîme que, au bout de deux jours, comme suivant un accord tacite, nous avons tous cessé de parler de lui.

Nous l'avons oublié, comme s'il n'avait jamais existé.

Il n'avait jamais existé.

À l'école primaire, j'avais fait partie des premiers de la classe. J'étais bon partout, et même très bon en dessin et en maths. Ma maîtresse disait qu'on voyait bien que j'étais le fils de mon père, qui était mathématicien de profession. Enfant, ça me faisait plaisir, mais en grandissant, ça a commencé à m'agacer, jusqu'à devenir presque insupportable.

Arrivé au collège, pour différentes raisons, je me suis enfoncé dans une confortable médiocrité. Je travaillais peu, je me contentais de la moyenne, faire partie du club des premiers de la classe n'était plus qu'un souvenir d'enfance.

Un jour, je suis tombé sur mon ancienne institutrice. Il y avait longtemps que je ne l'avais pas vue, elle m'a demandé comment ça marchait au collège, si j'étais toujours aussi bon en mathématiques. J'ai répondu que je n'en avais rien à faire, des maths, que je détestais les nombres et les formules, et que, quand je serais adulte, j'aurais un boulot sans aucun rapport avec ça. Je me souviens de son regard stupéfié et déçu. Blessé, même. Et je me souviens très bien du sentiment de honte et de culpabilité qui s'est aussitôt emparé de moi parce que je lui avais adressé ces paroles, et sur ce ton. Et si je me sentais tellement lamentable, c'était aussi parce que je devinais l'écheveau indistinct de fragilité et de ressentiment qui m'avait inspiré ces mots.

C'est justement parce que ces trois années furent très longues, et parce que justement je n'avais pas tardé à oublier qui j'étais, que j'ai trouvé presque absurde qu'un jour mon père m'annonce avoir pris un nouveau rendez-vous avec le professeur Gastaut. C'était au mois de mai, la consultation était fixée pour juin, juste à la fin des cours.

« Mais pourquoi on doit y aller en juin ? », ai-je répliqué, énervé.

Mon père m'a regardé quelques instants, perplexe. Il ne comprenait pas le ton de ma voix ni, surtout, le sens de ma question, et c'est vrai que faire référence au mois de juin n'avait aucun sens. En réalité, avec ces deux cachets de rien du tout que je prenais tous les jours, le même médicament, matin et soir, j'avais trouvé un équilibre. Je vivais normalement, ce traitement ne me gênait pas du tout et n'avait aucun effet secondaire. Le prendre, c'était comme me laver les dents, ce que je faisais plusieurs fois par jour, sans y penser. Pourquoi alors risquer d'altérer cet ordre des choses ? J'avais oublié, refoulé le mot « épilepsie », j'avais oublié, refoulé que j'étais épileptique, j'avais oublié, refoulé les stigmates d'invalidité et d'exclusion qui m'avaient accompagné pendant des mois, entre mon hospitalisation et ma visite au professeur Gastaut. Je ne voulais pas revenir sur le sujet. Je ne voulais pas avoir peur.

« Qu'est-ce que tu veux dire ? m'a demandé mon père en allumant une cigarette, l'air perplexe. On devrait y aller quand, d'après toi ? »

Sa réplique était aussi simple qu'imparable, ce qui m'a énervé encore plus.

« Je finis à peine les cours, et hop ! il faut déjà faire autre chose ! En juin ! Et si j'avais envie d'aller à la mer, de me détendre ? Mais non, il faut aller à Marseille. On ne peut pas attendre quelques mois ?

Je ne sais pas, moi… jusqu'à l'automne, l'hiver ? Merde, alors ! »

Une grimace d'exaspération s'est dessinée sur le visage de mon père. Avoir affaire à son fils unique était devenu de moins en moins évident, au fil des ans. Il a poussé un profond soupir et a commencé à me parler, avec une lenteur délibérée.

— Écoute, Antonio, quand il t'a vu, Gastaut a dit que nous devions nous revoir au bout de trois ans. Ces trois années sont passées. C'était en février, tu te rappelles ? En plus, j'ai appris qu'il allait bientôt partir à la retraite, et il ne fera plus que des consultations privées, hors de l'hôpital, sans accès aux appareils et à tout le reste. On expédie ça en deux jours et après, tu profites de tes vacances.

— Mais je vais bien ! À quoi ça sert ?

— Oui, Dieu merci, tu vas bien, mais tu prends un médicament. Tu n'as pas l'intention de le prendre toute la vie, quand même ? C'est un barbiturique, un psychotrope et, bref, prendre ce genre de médicaments n'est pas une bonne idée, à moins d'y être vraiment obligé.

Évidemment, il avait raison. J'ai cherché à lui retourner un argument qui ne soit pas risible, mais je n'ai rien trouvé. Et je l'ai planté là, grossièrement, sans lui dire au revoir.

Quinze jours après, nous partions pour Marseille.

7

Ma mère n'est pas venue avec nous. Elle devait aller à Florence pour une communication à une conférence internationale. Elle m'avait dit que, si je le souhaitais, elle n'irait pas, mais j'avais répondu sur un ton d'adulte que c'était hors de question, ce colloque était important pour elle, elle ne devait pas y renoncer. Voilà qui, au moins, m'avait apporté un soulagement. Rien qu'à l'idée de réitérer le voyage d'il y a trois ans avec mes deux parents, j'avais l'impression d'étouffer.

Nous sommes arrivés à Marseille dans la soirée. Nous apportions avec nous mon dossier clinique complet, j'avais déjà pu faire faire les analyses et les électroencéphalogrammes au cours des jours précédents. Le professeur Gastaut me recevrait le lendemain matin, et nous pourrions repartir en fin d'après-midi.

Notre hôtel se trouvait dans un immeuble moderne, un peu anonyme, mais certainement plus confortable que celui où nous étions descendus la fois précédente. Il était près de la Canebière, l'artère la plus célèbre de Marseille qui relie le quartier bourgeois des Réformés au Vieux-Port. Après nous être installés en échangeant un minimum de paroles, nous sommes sortis chercher un endroit pour nous restaurer.

Le quartier de l'hôtel aurait pu se trouver dans n'importe quelle ville française, n'importe quelle ville européenne, et ne différait donc guère de chez nous, ce qui nous mettait relativement à l'aise. Mais bientôt, nous nous sommes aperçus que cette impression était, au mieux, partielle. Au fur et à mesure que nous avancions vers le port, Marseille se transformait à vue d'œil en une espèce de métropole nord-africaine dont tous les coins étaient gardés par des prostituées et des maquereaux. Des groupes de jeunes Maghrébins au regard avide déambulaient dans des rues ponctuées d'échoppes pleines à craquer, comme des bazars en miniature, avec des restaurants d'où émanaient des odeurs d'épices et de friture, des vitrines condamnées par des planches en bois, des cafés louches et des cinémas pornos. À deux ou trois reprises, nous avons été obligés d'éviter ou d'enjamber des types avachis sur le sol, ivres, drogués ou simplement vautrés au fond de leur désespoir.

Mon père et moi ne parlions pas, mais chacun percevait le malaise croissant de l'autre. Maintenant il faisait noir, et les rues dans leur ensemble donnaient un sentiment d'inconnu et de danger. J'aurais voulu dire qu'il valait peut-être mieux faire demi-tour, mais cette idée me mettait en difficulté, je ne trouvais pas les mots justes, comme si je craignais de vexer mon père, qui aurait pu penser que je ne l'estimais pas capable de gérer une éventuelle situation d'urgence.

Je crois que lui aussi pensait quelque chose de ce genre. Il aurait préféré se retirer en territoire moins inhospitalier mais, comme moi, il gardait le silence.

Il a allumé une cigarette, regardé autour de lui, en cherchant à ne pas montrer qu'il regardait autour de lui, comme si quelqu'un avait pu mal prendre son excessive curiosité et nous réclamer des comptes.

À un moment, des cris éclatèrent derrière nous. Nous nous sommes retournés juste à temps pour voir un jeune Maghrébin, petit et maigre, qui courait sur le trottoir d'en face. Il était poursuivi par deux policiers. L'un, en particulier, avait la foulée puissante et menaçante du joueur de rugby qui talonne son adversaire. Quand un badaud lui gênait le passage, il l'écartait sans même ralentir. Le jeune était rapide, mais le policier était sans doute un athlète aguerri et, mètre après mètre, la distance s'amenuisait.

Une certaine beauté, rythmique et sauvage, se dégageait de la scène. La dernière partie de la course-poursuite s'est déroulée parallèlement aux rails du tram, qui semblaient devenus une piste d'athlétisme destinée à cette épreuve sportive aussi particulière qu'impitoyable. Le policier a fini par rattraper le fugitif, l'a renversé et projeté à terre. Ils étaient à une cinquantaine de mètres de nous, je me suis rapproché pour voir ce qui allait se passer. J'ai eu la sensation très nette que mon père était sur le point de me dire quelque chose du genre : *Où vas-tu ? Laisse tomber !*, mais qu'au dernier moment il s'était retenu.

Le policier, qui était blond et faisait plus penser à un Allemand qu'à un Français, avait soulevé le jeune de terre et l'avait plaqué contre un rideau de fer. Et maintenant, il le fouillait. Il a trouvé presque immédiatement quelque chose sur lui, quelque chose que je ne suis pas arrivé à distinguer mais qui l'a mis hors de lui. Il a fourré l'objet dans sa poche en hurlant des paroles incompréhensibles, et il s'est mis à tabasser le jeune, avec une violence que je n'avais jamais vue auparavant. L'autre policier l'a rejoint, un attroupement était en train de se former, uniquement des gens à la peau mate, avec des regards pleins de peur et de haine.

Les deux policiers se sont mis à parler frénétiquement entre eux. Le premier a menotté le prévenu derrière le dos, le second, un chauve qui n'avait que la peau sur les os, a crié quelque chose à l'adresse du groupe de spectateurs hostiles, qui désormais devaient être une quinzaine, peut-être plus.

— Qu'est-ce qu'il dit ? ai-je demandé à mon père.

— De reculer, sinon il va descendre quelqu'un.

Mais les spectateurs n'ont pas reculé, ou alors de quelques centimètres, et leurs expressions étaient de plus en plus agressives. Quelqu'un a hurlé quelque chose, un autre a craché en direction des policiers qui maintenant semblaient décidément inquiets. C'est à ce moment que le chauve a sorti son pistolet, qu'il a braqué sur la petite foule. Sa voix hargneuse était teintée d'une note d'hystérie. Cette fois, les curieux se sont un peu déplacés, mais sans que personne prenne la fuite. Nous étions à une dizaine de mètres de distance. Mon père m'a touché l'épaule :

— Allons-nous-en.

— Attends ! ai-je répondu sans bouger.

Il n'a pas insisté. Le policier a pointé son pistolet vers le ciel et il a tiré deux coups. Un instant plus tard, comme répondant à cet appel, on entendit des sirènes approcher. Le rassemblement se dispersa comme un vol d'oiseaux. Deux voitures arrivèrent, d'où sortirent d'autres hommes en uniforme. Leurs gyrophares continuaient à fonctionner, ils illuminaient la scène par intermittence, créant un effet de discothèque. Le jeune fut embarqué dans une des voitures, et les deux véhicules repartirent dans un inutile crissement de pneus.

Nous avons, mal, dîné dans un méchant restaurant à côté de l'hôtel. J'aurais voulu parler de ce qui s'était passé, de ce que nous avions vu, mais je me suis aperçu que je n'avais ni les mots ni les codes pour m'adresser à mon père. C'était une surprise désagréable, embarrassante, comme si les principes de ma cohérence personnelle, mon statut de rebelle familial, se trouvaient fissurés par ce mouvement involontaire.

Nous sommes allés nous coucher et je me suis longtemps tourné et retourné dans mon lit, les yeux grands ouverts. Je revoyais la scène et j'entendais mon père dormir près de moi. Sa respiration m'évoquait un bruissement de feuilles piétinées. De temps à autre, il bougonnait quelques mots incompréhensibles. J'ai pensé à la visite médicale qui m'attendait. J'avais de mauvais pressentiments. Je me suis endormi juste après m'être dit que j'allais sûrement passer une nuit blanche et, au lieu de penser au professeur Gastaut, j'ai, sans originalité aucune, commencé à rêver de lui.

Il avait l'air sérieux et beaucoup moins cordial et sympathique que la première fois. Ma mère et lui étaient assis sur un canapé, dans une pièce qui n'était pas le cabinet où il m'avait reçu trois années auparavant, et que je n'avais jamais vue. Après avoir examiné mon dossier, il disait que, malheureusement, les choses ne s'étaient pas passées comme prévu et que, malheureusement, mon *épilepsie* n'était pas si légère que ça. Il fallait revenir à mon ancienne thérapie, arrêter l'eau gazeuse et le football. Je devais aussi savoir que je n'aurais jamais une vie normale. À ce moment-là, ma mère intervenait : elle l'avait bien dit, elle, que je ne devais pas jouer au foot ! Puis, toujours dans mon rêve, je m'apercevais que mon père aussi était là. Toutefois il se tenait à l'écart, ne disait mot, et j'éprouvais pour lui une tendresse étrange et inexplicable.

8

Nous devions nous présenter à l'accueil à dix heures. Après le petit-déjeuner, mon père a payé la chambre et nous avons pris un taxi pour l'hôpital avec nos deux petites valises en cuir usagé, à moitié vides. Nous étions en 1983 et les bagages à roulettes n'avaient pas encore été inventés, même s'il nous semble aujourd'hui qu'ils ont toujours existé.

L'idée était de gagner l'aéroport directement depuis l'hôpital, aussitôt la visite médicale finie. Ces délais étaient très serrés, peut-être pour déjouer le mauvais œil, peut-être aussi parce que mon père devait faire passer des examens à l'université le lendemain et qu'il s'était organisé de manière à ne pas devoir les repousser.

On était presque en été, l'air était limpide et une agréable brise soufflait, il ne faisait ni trop chaud ni trop frais. La ville paraissait lumineuse et accueillante, et cela donnait envie de la visiter.

L'hôpital n'était pas vraiment comme dans mes souvenirs. Le public, surtout, était différent. Ce qui me frappa le plus, c'était l'absence des enfants et des jeunes avec les casques et les dents cassées. Était-ce une coïncidence ? Les convoquait-on maintenant à des jours choisis, ou bien les recevait-on dans des espaces séparés, afin de ne pas troubler les patients moins gravement atteints ? À moins que les progrès dans les traitements aient éliminé certaines conséquences particulièrement pénibles de ces crises ?

On me fit faire les derniers examens, qui nécessitaient des appareils n'existant qu'au centre Saint-Paul. Je devais voir le professeur aussitôt après.

Étrangement, je me souviens avec précision de tous les tests auxquels j'ai été soumis lors de ma première visite au centre, bien qu'ils soient plus éloignés dans le temps. En revanche, je ne me rappelle pas ce qu'on me fit ce matin-là – non, je ne me rappelle absolument rien. On aurait dit qu'on m'avait drogué à l'accueil et que l'effet de la drogue n'avait cessé qu'à l'instant où on nous faisait entrer dans la salle d'attente adjacente au cabinet du professeur Gastaut. En tout cas, ma mémoire ne retrouve le fil qu'à ce moment-là.

L'infirmière nous a prévenus qu'il allait falloir attendre encore un peu ; une urgence avait décalé tous les rendez-vous de la matinée, mais on nous recevrait sous peu.

Après avoir échangé quelques paroles insignifiantes, après nous être demandé si nous risquions de rater l'avion et avoir conclu que non, il n'y avait aucun risque, puisque plusieurs heures nous séparaient encore du départ, mon père et moi avons sorti en même temps nos livres respectifs. Il avait apporté l'*Abécédaire* de Parise, et moi *Franny et Zooey* de Salinger, que je préférais nettement à *L'Attrape-Cœurs* et que je lisais pour la deuxième fois.

Une dizaine de minutes s'écoulèrent, puis Gastaut ouvrit la porte et nous invita à entrer.

Il me salua en me serrant la main et en m'appelant par mon prénom, et accueillit mon père avec une poignée de main et en l'appelant « professeur ». Il se souvenait donc de nous : je dois dire que cela me fit un certain effet.

« Tu es devenu adulte, Antonio. Tu dessines toujours ? », me demanda-t-il dans son italien parfait au fort accent français. J'esquissai un sourire. Puis il se concentra sur les listings et les rapports.

L'examen de mon dossier clinique dura quelques minutes. Je ne pouvais pas m'empêcher de repenser à mon cauchemar et de me demander s'il était prémonitoire. Mon père scrutait l'expression de Gastaut à la recherche de quelque indice sur le verdict qui allait tomber. Dans la pièce, on n'entendait que le ronflement d'appareils lointains.

Pour finir, le médecin posa le dossier sur son bureau, le referma, et nous regarda : d'abord l'un, ensuite l'autre. S'il voulait créer du suspense, c'était réussi.

« Tout se passe comme prévu. »

Je poussai un soupir. J'échangeai un regard avec mon père, qui tendit la main vers moi et me serra la jambe, un peu au-dessus du genou. Ce geste aurait dû m'agacer, me dis-je, or il n'en fut rien.

— Antonio est guéri à 80 %, a repris Gastaut. Les examens sont bons, mais il reste encore un test à faire pour être tranquilles.

— Quel test ? a demandé mon père.

Le docteur nous a expliqué. Pour être certains que je sois totalement guéri, et donc pour pouvoir arrêter de prendre mon médicament, il fallait vérifier comment réagissait mon cerveau en conditions de stress.

Concrètement, nous dit-il, il fallait que je passe deux nuits de suite sans dormir, en prenant toutes les huit heures des pilules qu'il me fournirait et qui m'aideraient à rester éveillé. En revanche, je ne devais pas prendre le médicament que j'avais pris quotidiennement, deux fois par jour, pendant les trois années qui venaient de s'écouler.

S'il ne se passait rien, même avec le manque de sommeil, l'élimination du médicament et l'effet de ces cachets (sans doute des amphétamines, mais ni mon père ni moi ne l'avons demandé), cela voudrait dire que j'étais guéri et que je pouvais reprendre la vie normale d'un garçon de dix-huit ans, oublier les hôpitaux, les électroencéphalogrammes, les barbituriques, et surtout les neurologues.

Le nom technique de cette procédure était le « test de provocation ». Un ami psychiatre m'a expliqué qu'elle est aujourd'hui interdite par la déontologie médicale mais, à l'époque, on l'utilisait encore.

« Et quand devrait-il faire ce test ? », a demandé mon père, plutôt abasourdi.

Gastaut l'a regardé comme on regarde quelqu'un qui vient de poser une question un peu saugrenue.

— Tout de suite. Il ne dort pas cette nuit ni la nuit de demain, et vous revenez ici après-demain matin. Si tout va bien, on se dit au revoir pour toujours.

— Mais on doit rentrer aujourd'hui, on a réservé l'avion...

— Cher professeur, si vous préférez, nous pouvons remettre ce test final à plus tard. Cela signifie demander un autre rendez-vous, et ce ne sera pas avant la fin de l'année. Entre-temps, Antonio devra continuer à prendre des barbituriques pendant des mois. Selon moi, ce serait mieux de le faire tout de suite, mais naturellement, c'est à vous de décider.

Une note d'irritation légère et polie vibrait dans la voix de Gastaut.

— Il pourrait avoir une crise ?

— Je ne pense pas, mais oui, en théorie, cela pourrait se produire. C'est... comment dit-on ?... ah oui, c'est improbable, mais pas impossible.

— Et qu'est-ce qu'on fait, si ça arrive ?

— Vous venez tout de suite ici, même de nuit, et nous ferons tout le nécessaire. S'il a une crise, cela veut dire qu'il n'est pas guéri et qu'il devra continuer à suivre son traitement. C'est improbable, je vous le répète, mais pas impossible.

Mon père a laissé passer peut-être trente secondes, et s'est tourné vers moi : « Tu es prêt à faire ça ? » J'ai hoché la tête, pas tant parce que je me sentais vraiment prêt, mais pour la manière dont il me l'avait demandé, d'homme à homme, avec respect.

« D'accord, alors on s'organise », a conclu Gastaut en se levant.

Il a dit que nous avions fait le bon choix, nous a répété qu'une crise était improbable, il a remis à mon père la boîte de cachets que je devrais prendre toutes les huit heures, et conclu en disant que nous nous reverrions deux jours plus tard, à neuf heures précises.

« Fais tout ce que tu veux, pendant ces deux jours, des efforts physiques, bois du café et du vin, si tu aimes ça... Sans excès, bien sûr ! Prends ça comme des vacances. On se revoit après-demain. »

9

«Et maintenant?», ai-je demandé. Nous attendions devant l'hôpital le taxi que le personnel de l'accueil, très efficace, avait appelé pour nous. Nous avions déjà parlé à ma mère, avec qui nous avions un rendez-vous téléphonique. Elle s'était un peu inquiétée, mais mon père l'avait rassurée avec talent, en ne lui faisant part que du strict nécessaire.

«Retournons à l'hôtel, a répondu mon père, j'espère qu'ils ont une chambre libre pour deux nuits. Autrement, il faudra en trouver un autre. Et puis nous chercherons une agence de voyages pour échanger nos billets d'avion. Et puis après... on verra», a-t-il conclu avant de desserrer le nœud de sa cravate et d'allumer une cigarette.

Notre chambre était déjà occupée, mais il y en avait une autre disponible, plus grande et plus coûteuse, avec une belle vue. Mon père a haussé les épaules et dit que nous la prenions pour deux nuits.

— Même si j'imagine que la nuit on n'y sera jamais, si on ne veut pas risquer de s'endormir, a-t-il dit en se tournant vers moi, pendant que le portier s'occupait de nous enregistrer à nouveau.

— Mais toi si, tu peux dormir, ai-je répliqué.

Il m'a regardé, il semblait sur le point de dire quelque chose, mais s'est finalement contenté de secouer la tête.

— J'ai dit une connerie ? ai-je demandé.

— Oui. Mais vu la situation, elle me semble vénielle. La connerie, je veux dire.

D'habitude, mon père ne disait pas de gros mots. Il faisait très attention à ça, en tout cas certainement beaucoup plus que ma mère, et je l'avais rarement entendu utiliser des mots comme « connerie » ou autres – seulement dans des situations exceptionnelles, et jamais avec le naturel et la désinvolture de ce jour-là. Quelque chose m'échappait.

Installés dans notre nouvelle chambre, nous avons brusquement pensé que, parmi d'autres choses, il fallait trouver une boutique d'habillement ou un grand magasin. Nous n'avions plus de chemises, de slips ni de tee-shirts propres, puisque nous avions préparé nos valises en pensant ne rester qu'un jour et une nuit.

Nous sommes sortis, nous avons acheté deux sandwichs au fromage parfaitement insipides et deux bières, nous les avons mangés sur un banc, et nous sommes allés dans l'agence de voyages qu'on nous avait indiquée à l'hôtel.

Changer les billets a pris plus de temps que prévu. L'employé n'était pas précisément une lumière et, malgré le français pratiquement parfait de mon père, il continuait à lui faire tout répéter, en montrant qu'il ne comprenait pas et en affichant l'expression agacée de celui qui a des choses importantes à faire et est obligé de perdre son temps avec des banalités navrantes pour un client italien assommant.

J'ai vite perdu patience, je me suis dit que j'aurais voulu connaître la langue française pour pouvoir intervenir dans la conversation et dire à ce type qu'il était un sacré connard, ou quelque chose dans le genre. J'aurais voulu épauler mon père, à qui ce gars paraissait manquer de respect.

Or, mon père était serein, et il avait un air étrangement jeune. Il avait laissé sa veste et sa cravate à l'hôtel, parce qu'il faisait assez chaud, et il était décoiffé, ce qui ne lui arrivait presque jamais. En fait, on aurait même dit que l'odieux employé le mettait de bonne humeur. Nous avons fini par avoir nos billets, et mon père a salué l'homme avec une cordialité tellement exagérée qu'il avait franchement l'air de se foutre de lui.

Une fois dehors, nous nous sommes regardés les yeux dans les yeux, et j'ai eu la sensation que c'était la première fois que nous le faisions vraiment.

— Maintenant, cherchons un téléphone. Il faut que j'appelle l'université pour dire que je ne serai pas là demain.

— L'année prochaine, je vais m'inscrire à la fac..., ai-je dit après une dizaine de secondes.

— Je sais. Tu as déjà une idée de ce que tu veux faire ?

— Non. Et toi, tu avais déjà décidé ce que tu voulais étudier, avant la dernière année de lycée ?

Il a eu un geste vague : « Depuis le collège, je savais que je ferais des maths, ou peut-être de la physique. Je n'ai jamais envisagé d'alternative. » Il a allumé une cigarette. Je me suis demandé combien il en fumait – trop, en tout cas. Nous avons marché en silence, en quête d'une cabine téléphonique.

« Et maman ? », ai-je demandé. J'avais tourné cette question dans ma tête pendant deux ou trois minutes, sans savoir si j'allais la poser.

— Quoi, maman ?

— Elle savait ce qu'elle voulait faire, à l'université ?

— Je pense que oui. Elle a toujours voulu faire des lettres, en tout cas des matières littéraires. Elle a choisi l'histoire de l'art alors qu'elle était déjà à la fac. Elle n'a jamais imaginé faire des études d'ingénieur, par exemple, ou de médecine.

— J'ai des copains qui savent depuis le collège ce qu'ils vont étudier à la fac. Ça m'a toujours paru bizarre.

— Ça dépend de leur motivation, a-t-il dit en écrasant son mégot contre un mur, avant de le jeter dans une poubelle.

— Les fils de docteurs veulent faire médecine, et les fils d'avocats du droit. Mais comment est-ce que tu peux savoir, à douze ans, si tu es doué pour certaines matières, et si elles te plaisent vraiment ? D'après moi, ils veulent seulement imiter leurs parents, ou plutôt leurs pères, parce que leurs mères ne travaillent pas.

— C'est vrai, ce n'est pas souvent une bonne idée. Mes camarades de classe qui ont hérité du travail de leur père ne m'ont jamais semblé tellement heureux.

— Je suis allé une fois dans ton bureau, à la fac.

— Je me souviens. Tu avais six ou sept ans. Tu as été déçu de voir que mon bureau était si petit !

Il avait raison, j'avais été très déçu. Je savais que mon père était l'ami de grands scientifiques du monde entier, par conséquent il devait être quelqu'un d'important et avoir un bureau à la mesure de son importance. Avant de découvrir cette pièce, je l'avais imaginée comme une espèce de salon avec de grandes baies vitrées lumineuses, rempli de mystérieux appareils scientifiques et bourré de livres. Le seul point où j'avais bon, c'étaient les bouquins. À part ça, c'était une pièce plutôt exiguë, munie d'une unique fenêtre tout à fait banale. Mais effectivement, elle était pleine de livres, il y en avait partout : sur les étagères, sur le bureau et aussi en piles précaires posées le long des murs.

Ce fut une désillusion, mais je ne l'aurais jamais avoué et je n'aurais jamais imaginé que mon père s'en soit rendu compte, encore moins qu'il s'en souvienne encore, tant d'années plus tard.

Je n'ai pas su quoi ajouter : la normalité de cette conversation me déconcertait, et pas un peu. J'ai enfoncé les mains dans mes poches et continué de marcher en silence à côté de mon père, jusqu'à ce que nous tombions sur un téléphone public.

Il a passé deux ou trois coups de fil à la fac avant de trouver qui il voulait – un chercheur ou un administratif, c'était difficile à comprendre : mon père vouvoyait tout le monde. En ce sens aussi, il différait de ma mère. Elle, elle passait rapidement et aisément au tutoiement, quel que soit son interlocuteur. À beaucoup d'égards, elle appartenait à une époque différente et plus moderne que celle où elle était née et où elle avait grandi.

— C'est bon, maintenant nous sommes en vacances, a dit mon père quand il eut terminé. Parfois, tu t'imagines que tu es indispensable, et que sans toi le monde s'écroulerait ou, du moins, n'arriverait plus à tourner. Et puis il t'arrive un truc comme ça et tu t'aperçois : a) que tu n'es pas indispensable et b) que n'être pas indispensable, ce n'est pas du tout un mal.

— Qu'est-ce qu'on fait, maintenant ?

— Les slips. On a besoin de slips, ça c'est vital. Il nous faut aussi des chemises et des tee-shirts. Cherchons un grand magasin et allons y dépenser quelques francs.

Nous nous sommes renseignés auprès d'une femme maigre au menton proéminent, souriante et un peu délirante qui, au bout de quelques mots, nous a demandé en italien si nous étions italiens. Elle aussi était italienne, elle avait emménagé à Marseille avec ses parents juste avant la guerre et elle habitait là depuis quarante-cinq ans ; mais la ville n'était plus la même, c'était devenu un endroit dangereux ; elle n'était pas raciste, hein, mais quand même, avec tous ces jeunes Algériens, Marocains et Tunisiens, Marseille n'avait plus l'air d'une ville française, et peut-être qu'il vaudrait mieux partir ; mais bon, il y avait aussi beaucoup d'Italiens, à Marseille, et puis l'italien et le marseillais, d'une certaine manière, ça se ressemble, hein, ce sont des langues qui chantent ; et nous, si ce n'était pas une question indiscrète, pourquoi est-ce que nous étions là ? Parce que Marseille n'était pas une ville pour les touristes, et pourtant elle était belle, hein, bien sûr, mais pas vraiment adaptée aux touristes, et même un peu dangereuse si on ne savait pas où aller, et justement, elle se disait qu'on n'avait pas l'air de touristes, mais excusez-moi, hein, je sais que je suis bavarde, mais je suis tellement contente, quand j'ai l'occasion de parler italien, que je ne m'arrêterais jamais...

Mon père la neutralisa avec tact, efficacité et quelques mensonges bien concoctés. Il lui raconta que nous avions pris Marseille comme base afin d'aller visiter la Provence, que nous avions perdu un bagage, que nous devions acheter quelques articles – des vêtements et d'autres choses encore –, et que c'était pour cela que nous étions à la recherche d'un grand magasin. Aurait-elle l'obligeance de nous en indiquer un ? C'est ce qu'elle fit, avant de nous recommander de faire attention dans certains quartiers de la ville, de ne pas aller sur le Vieux-Port ou dans le Panier le soir, et à vrai dire le matin non plus ; puis elle nous souhaita de bonnes vacances en Provence : dans quelques jours, la lavande serait en fleur et c'était un spectacle merveilleux, mais peut-être était-ce justement pour cela que nous étions venus en cette saison. Elle a conclu en disant que c'était fantastique de voir un jeune garçon charmant comme moi prendre des vacances avec son père, alors qu'elle était sûre que plein de filles auraient tellement voulu passer du temps en sa (c'est-à-dire : ma) compagnie.

J'évitai de la corriger sur ce dernier point en lui signalant qu'il n'en allait pas vraiment ainsi. Si tellement de filles voulaient passer du temps en ma compagnie, elles devaient vraiment être très discrètes, parce que je ne m'étais aperçu de rien.

Nous avons finalement réussi à nous débarrasser de Mme Marta Monicelli – elle avait aussi trouvé le moyen de nous dire son nom et son prénom, en précisant que, pour autant qu'elle le sache, elle n'était pas de la famille du cinéaste. Nous l'avons saluée et nous nous sommes dirigés vers la grande surface indiquée.

C'était un beau magasin, très moderne, le genre d'endroit qui, à l'époque, nous réjouissait parce qu'on y trouvait tout. Nous avons expédié l'affaire des vêtements en faisant le plein de chemises blanches et bleues, de tee-shirts, de chaussettes et de slips.

J'estimais ne pas avoir besoin de pantalon, mais mon père a insisté pour que je prenne un nouveau jean.

Après les habits pour hommes, nous avons entrepris la visite des autres rayons : les objets pour la maison, l'électronique, les livres – nous avons acheté un guide touristique de Marseille et sa région – et, enfin, l'alimentaire. Je me souviens surtout du rayon des fromages, avec ces odeurs en équilibre entre parfum et puanteur qui, aujourd'hui encore au moment où j'écris, me font venir l'eau à la bouche. Les noms sur les étiquettes alignées me faisaient penser à une comptine pour enfants ou à la formation d'une équipe de football : Comté, Reblochon, Camembert, Brie, Roquefort, Chèvre, Beaufort, Saint-Nectaire, Cantal, Cancoillotte, Brocciu.

— Ça me donne faim.

— À moi aussi, a répondu mon père. Ceux-là ont l'air bien meilleurs que le machin jaunâtre qu'on avait dans nos sandwichs.

— Qu'est-ce qu'on fait ?

— Comme ça, d'instinct, j'en achèterais trois ou quatre, je prendrais un peu de pain et une bonne bouteille de vin rouge, et j'irais les manger dans un parc...

— Mais...

— Mais il faut qu'on fasse passer le temps, sans nous endormir. Si on laisse filer comme ça le dîner, la nuit risque d'être vraiment très longue. Il vaut mieux adopter une autre stratégie.

Je me demandais si mon père avait toujours parlé comme ça, parce que je percevais en lui un changement : pas seulement dans son vocabulaire – je n'avais jamais entendu dans sa bouche des termes comme « d'instinct » ou « stratégie » –, mais aussi dans son rythme et même dans ses intonations. Ou alors, c'était peut-être que, pour la première fois, je faisais attention à ce qu'il disait, à la manière dont il le disait, et que ça me donnait l'impression de découvrir quelque chose qui, en réalité, avait toujours existé.

« Et maintenant ? » Il a consulté sa montre. « Il est presque sept heures. On rentre à l'hôtel, on prend une douche, on lit un peu et on jette un œil au guide. Puis on met nos chemises neuves et on sort chercher un restaurant meilleur que celui d'hier. Qu'est-ce que tu en dis ? »

J'ai répondu que ça m'allait, et je me suis mis en route.

— Antonio...

— Oui ?

— Tiens !

Il m'a tendu la plaquette avec les cachets que Gastaut lui avait donnée – les pilules qui devaient m'aider à rester éveillé, et sur lesquelles nous n'avions posé aucune question.

« Tu n'as qu'à prendre la première maintenant. Ensuite, il a dit une toutes les huit heures. En tout cas, garde-les. »

10

Nous étions étendus sur nos lits, en slip et en tee-shirt. Mon père compulsait notre guide de Marseille et moi je lisais Salinger.

J'avais aussi apporté *Le Nom de la rose*, paru trois ans plus tôt. Tout le monde l'avait lu et tout le monde l'avait aimé. C'est pour cette raison précise que, pour respecter mon personnage de jeune intellectuel anticonformiste, je m'étais tenu éloigné de ce roman, imitant ainsi aveuglément l'attitude de ma mère.

Quand le battage autour du livre s'était apaisé, elle l'avait acheté en version poche, l'avait lu et finalement apprécié alors que je m'étais attendu à ce qu'elle le démolisse, à sa manière hautaine. Aussi m'étais-je senti autorisé à me lancer à mon tour et, au moment de partir, j'avais jeté le livre dans ma valise.

Je ne l'avais pas encore commencé, car je n'arrivais pas à quitter *Franny et Zooey*. Avec un mélange d'embarras et de fierté, je me reconnaissais dans la pédanterie des personnages. Ils étaient à la fois immatures et profonds, ce qui me paraissait sublime.

Je retrouvais en eux ce que je croyais être mon style personnel de pensée et, dans certains passages, j'avais l'impression de m'observer moi-même. J'y reconnaissais mes défauts – ou ce que j'aimais considérer comme tels –, mais représentés de telle manière que je pouvais en tirer de l'orgueil. Je soulignais puis recopiais des extraits et des bouts de dialogues, les faisant ainsi miens.

C'étaient des passages comme : « en pratique, je n'ai pas le temps pour les pensées facultatives », ou « quelque étudiant suffocant, de ceux qui sont tellement profonds », ou encore « l'habileté était mon mal incurable ». Il y avait aussi : « Seymour était de plus en plus convaincu que l'éducation, quel que soit le nom qu'on lui donne, paraîtrait attirante, et peut-être même beaucoup plus attirante, si elle n'était pas entreprise comme la recherche de la connaissance mais comme la recherche de la non-connaissance. »

— Quelle sensation étrange, dit soudain mon père en levant les yeux du guide de Marseille.

— Quoi ?

— Je serais incapable de dire quelle est la dernière fois où il m'est arrivé d'avoir deux jours devant moi sans engagement, sans rien de spécial à faire, sans aucune contrainte. C'est ça, qui est étrange.

Je me tournai vers lui : « En vous observant, vous les adultes, je me dis souvent que vous êtes coincés dans des trucs dont vous vous fichez. Comment ça se fait ? Et quand est-ce que ça commence ? »

Il se redressa, passant de la position allongée à la position assise, le dos appuyé contre la tête de lit. Il referma son guide après en avoir corné un coin, pour ne pas perdre la page qu'il lisait.

« Il est impossible d'établir quand ça commence. Ce n'est pas le résultat d'une discontinuité soudaine, mais ça se produit jour après jour, comme sous l'effet d'un de ces glissements de terrain qui ont lieu de façon imperceptible. Tu ne t'en rends compte qu'au bout de quelques années. Tu te charges de superflu – des objets, des obligations ou des relations personnelles –, et toutes ces choses deviennent autant de fils invisibles qui t'enveloppent de plus en plus, jour après jour, justement, comme une toile d'araignée. »

Je me redressai à mon tour, du même mouvement que lui, quelques instants auparavant. Je posai mon livre ouvert sur le lit, la couverture blanche tournée vers le haut :

— Si on en est conscient, pourquoi ne fait-on rien pour se libérer de tous ces trucs ?

— Justement, c'est ça, le piège. Tu sais que tu perds le plus clair de ton temps avec des choses inutiles, et pourtant tu n'arrives pas à t'en défaire. Tu connais Cavafy ?

— Qui est-ce ?

— Un poète grec, mais qui a vécu presque toute sa vie à Alexandrie. Une de ses poésies porte précisément sur le thème dont nous parlons. Elle s'intitule *Et si tu ne peux pas mener la vie que tu veux*.

Il fit une pause, comme s'il hésitait entre poursuivre ou changer de sujet. Puis il demanda :

— Tu veux que je te la dise ?

— Oui, répondis-je, un peu mal à l'aise.

Il se toucha le menton comme s'il devait rassembler ses souvenirs mais, à l'évidence, lui aussi était gêné de réciter une poésie devant son fils de presque dix-huit ans et qu'il ne connaissait pas. Nous nous aventurions en territoire inconnu.

Il s'éclaircit la voix :

Même si tu ne peux faire de ta vie ce que tu veux,
Essaie au moins,
Fais de ton mieux : ne la dégrade pas
Dans trop de liens avec le monde,
Dans trop d'agitations et de discours.
Ne la dégrade pas en la traînant
Là où d'habitude tu rôdes, en l'exposant
À l'ineptie quotidienne
Des liaisons et fréquentations
Jusqu'à en faire une étrangère pesante.

Les vers restèrent longtemps suspendus dans l'air.

« C'est très beau, dis-je enfin. Ça t'embête de répéter ? J'aimerais la recopier dans mon cahier. »

Je parlais à mon père sur un ton affable et circonspect, et je me demandais ce qui était en train de se passer.

Il a récité à nouveau le texte, lentement, et je l'ai transcrit avec soin, sur une page de droite de mon cahier presque neuf.

Aujourd'hui, Cavafy est devenu à la mode, et ses mots se sont usés à force d'être utilisés. Mais à l'époque, ils résonnaient dans toute leur force, intacts, resplendissants. Ils sont encore là, dans mon vieux cahier, sous une date de début juin 1983 – la frontière entre l'avant et l'après.

— Tu sais, il y a beaucoup de choses à voir, à Marseille, a dit mon père. Ce n'est peut-être pas une ville pour les touristes, comme dit notre amie Marta, mais demain, on ne va pas s'ennuyer.

— Pour le moment, allons dîner !

— Oui, tu as raison, dit-il en quittant son lit avec agilité.

11

Le portier de l'hôtel nous conseilla un restaurant en plein sur le Vieux-Port. Le patron était son cousin : il lui téléphonerait pour réserver et lui recommander de bien nous soigner. Ainsi pourrions-nous goûter la véritable cuisine marseillaise traditionnelle ; nous ne devions surtout pas rater les frites de panisse, la tapenade sur du pain grillé et, naturellement, la bouillabaisse.

Pour aller *Chez Papa* – c'était le nom du restaurant –, nous avons redescendu la Canebière. C'était le même trajet que la veille, pourtant cette avenue ne nous semblait plus aussi hostile, les visages des gens que nous croisions nous paraissaient moins menaçants – peut-être parce qu'il ne faisait pas encore nuit et parce que nous avions un but précis : grâce aux indications données, nous nous sentions moins perdus et moins confusément en danger.

Le lieu où nous avions assisté à l'arrestation était paisible. J'ai jeté un coup d'œil par terre, entre les rails du tram, comme pour chercher des traces de l'événement, peut-être quelques gouttes de sang, conséquence du passage à tabac du jeune, mais il n'y avait rien.

Tandis que nous marchions, je me disais que je n'avais probablement jamais vraiment *parlé* avec mon père. Je veux dire : bien sûr, nous nous étions déjà parlé, mais, à part dans cette période de mon enfance qui précédait la séparation de mes parents, et dont je ne conservais aucun souvenir, j'avais toujours senti de sa part du malaise et du détachement, pour ne pas dire de la condescendance. Je ne percevais que ses tentatives maladroites pour correspondre à une figure paternelle stéréotypée.

Quand nous nous retrouvions, il s'efforçait d'être naturel et spontané, ce qui évidemment ne marchait pas, il est impossible d'être spontané sur commande. « Sois spontané ! » est la plus paradoxale et irréalisable des injonctions, qu'elle provienne des autres ou de nous-mêmes.

De son côté, si on l'avait interrogé sur ses rapports avec son fils unique, mon père aurait certainement parlé d'une sourde hostilité qui avait grandi avec le temps, qu'il n'arrivait pas à comprendre, et devant laquelle il ne savait comment se comporter.

Voilà où en étaient les choses, depuis plusieurs années à présent, mais je n'en pris conscience qu'en parcourant la Canebière, en direction de *Chez Papa*.

Nous avons été reçus par M. Dominique, le cousin de notre portier, qui avait été prévenu de notre arrivée. Il nous installa à une table recouverte d'une nappe à carreaux rouges et blancs, d'où on voyait le Vieux-Port. Il y avait des bateaux à perte de vue, amarrés à des dizaines de pontons en bois disposés perpendiculairement aux deux grands quais principaux. Nombre de ces embarcations étaient à voile, et l'effet d'ensemble était celui d'une étendue infinie de mâts et de gréements divers à travers lesquels filtrait, en mille rayons, le soleil couchant. Quand il disparut derrière la lointaine ligne d'horizon, il était vingt et une heures vingt.

Passer la commande fut chose aisée. Nous avons pris ce qu'on nous conseillait, ainsi qu'une carafe de rosé de Provence.

Quand les hors-d'œuvre sont arrivés, mon père a rempli mon verre – un instant, j'ai cru qu'il ne m'en verserait qu'un doigt avant de l'allonger avec de l'eau, comme lorsque j'étais petit. Puis il a rempli le sien et l'a levé vers moi en faisant étinceler ses reflets. Nous avons trinqué et bu, le vin était bon, frais et d'une légèreté trompeuse.

En observant combien j'appréciais la bouillabaisse, mon père me raconta que, dans mon enfance, je ne voulais jamais de poisson parce que j'avais peur des arêtes, et je ne mangeais que les bâtonnets de cabillaud Findus. Voilà encore deux ou trois détails inattendus qui détonnaient avec l'idée que je me faisais de mon père : non seulement il s'était rendu compte, à l'époque, que je refusais de manger le poisson et que j'aimais les bâtonnets Findus, mais il s'en souvenait encore.

Nous avons fini tous les plats, vidé la carafe de rosé de Provence, déclaré à M. Dominique que nous avions très bien dîné, ce qui était vrai, et demandé l'addition.

Il nous l'a apportée, accompagnée d'une petite assiette de biscuits et de deux verres d'eau-de-vie, offerts par la maison. Toutes les tables étaient désormais occupées, une ambiance joyeuse et paisible régnait, on se serait cru transportés dans une autre époque, peut-être les années soixante-dix, ou même avant.

Mon père regardait autour de lui, un sourire juvénile aux lèvres.

Si on m'avait demandé de décrire son visage avant ce jour-là, j'aurais été bien en peine de le faire. Bien entendu, j'aurais parlé de son nez légèrement prononcé, de ses lunettes, de ses yeux sombres et de ses cheveux épais parsemés de gris. Mais je n'aurais su dire – je n'y avais jamais prêté attention – qu'il avait une fossette sous le menton, de longs cils et une cicatrice sur le sourcil gauche. Comment était-il possible que je ne l'aie jamais remarquée ?

— C'est quoi, cette cicatrice ? demandai-je.

— Laquelle ? s'étonna-t-il.

Puis il vit la direction que j'indiquais. Il la toucha, comme pour vérifier qu'elle était encore là. Il but encore un peu d'eau-de-vie et alluma une cigarette.

— C’est à cause de ta mère.

— Alors comme ça, elle t’a sonné les cloches, au moins une fois !

Il se mit à rire – un rire rapide et franc – avant de reprendre : « Non, non ! Je veux dire que je me suis fait cette cicatrice, ou plutôt qu’on me l’a faite, à cause d’elle. » Son rire s’éteignit et laissa place à une expression vaguement méditative :

— Ça fait bien longtemps que je n’ai pas pensé à cette histoire.

— Que s’est-il passé ?

— Tu as déjà entendu parler du bizutage ?

— Oui, par mon prof de sport, au collège. Il avait fait médecine mais n’a jamais fini ses études. À l’écouter, ses années de fac, c’était vraiment l’âge d’or, et il était un pro du bizutage. Ensuite, tous ses copains ont passé leur diplôme et sont devenus médecins. Lui s’est retrouvé à faire de l’EPS.

— Tu sais quoi ?

— Quoi ?

— Parfois, quand je te parle, mon cerveau reste bloqué à l’époque où tu étais gamin, et je n’en reviens pas que tu t’exprimes comme ça, je veux dire d’une manière recherchée, adulte.

Je ne savais que répondre. Je me contentai d’acquiescer, un truc qui marche toujours, l’interlocuteur y mettant ce qu’il veut. Je laissai passer une vingtaine de secondes avant de reprendre : « Et alors, l’histoire de la cicatrice ? »

Il a souri, les yeux dans le lointain :

— Quand ça s'est produit, ta mère était en première année et moi en quatrième. Dans notre jargon, j'étais un « quatre tampons ».

— C'est-à-dire ?

— Sur mon livret universitaire, il y avait quatre tampons, un pour chaque année. Certains pouvaient en avoir dix : c'étaient les candidats libres, ceux qui vivaient en éternels étudiants. Nombre d'entre eux, comme ton prof de sport, n'arrivaient jamais au bout de leurs études. Et tu as raison, c'était la meilleure période de leur vie. Pour eux, ce qu'il y avait de plus amusant, c'était le début de l'année universitaire.

— Pourquoi ?

— Parce qu'à ce moment-là les anciens, et en particulier les candidats libres, allaient à la chasse aux petits nouveaux afin de les soumettre à une série de farces plus ou moins lourdes et de se faire payer des coups à boire – ou se faire payer tout court. Du point de vue juridique, je crois qu'il y avait là plusieurs délits dont, certainement, l'extorsion. Quoi qu'il en soit, ça fonctionnait comme ça : les bizuteurs les plus acharnés se postaient dans le quartier de l'université, par groupes de quatre ou cinq. Ils repéraient les bizuths et les encerclaient – un à un, j'entends. La durée des blagues et leur degré de lourdeur – et parfois, elles pouvaient être vraiment très lourdes – dépendaient des bizuteurs et de la réaction des bizuths.

— Personne ne se rebellait ?

— Rarement. C'est ce qui se passe aussi dans les casernes, entre les anciens et les bleus. Les nouveaux venus se sentent seuls et intimidés, ils ne comprennent rien au contexte, au monde dans lequel ils sont tombés, et ils ne savent pas ce qui peut se passer. En général, les bizuths jouaient le jeu. Et la plupart du temps, c'était en effet une espèce de jeu : ils laissaient les autres se moquer d'eux, voire les malmener un peu, puis ils payaient l'obole et on n'en parlait plus.

— Et combien de fois un truc comme ça pouvait-il arriver à un nouvel étudiant ?

— Une seule fois. Il y avait une règle précise. À la fin du rituel, on te remettait un document – ils appelaient ça le « parchemin » – qui témoignait du paiement. C'était une espèce de sauf-conduit. Si un autre groupe de bizuteurs t'arrêtait, tu le montrais et ils étaient obligés de te laisser tranquille. Bref, en général c'était une affaire plutôt inoffensive, et en l'espace de quelques jours tout était fini. Ensuite, les bizuteurs s'occupaient d'autre chose : les fêtes, les beuveries ou les visites en groupe dans les bordels qui, à l'époque, étaient encore ouverts et légaux.

La dernière partie de sa phrase – celle sur les bordels encore ouverts et légaux – sonna d'une manière un peu différente du reste.

— Mais quelquefois, les choses ne se passaient pas aussi bien. Certains bizuths n'acceptaient pas ces petits abus – pas toujours si petits. Certains anciens pouvaient être plus stupides ou plus méchants que les autres, et exagéraient. Si les deux se cumulaient, l'affaire pouvait dégénérer. La farce la plus idiote et la plus désagréable consistait, surtout si le bizuth ne jouait pas le jeu, à s'emparer de lui et à le jeter dans une fontaine. Pense qu'on était en novembre et qu'il faisait déjà assez froid.

— Ils faisaient ça aussi avec les filles?

— Ça dépendait beaucoup des bizuteurs. Normalement, avec les femmes, ils se retenaient. Normalement.

— Et qu'est-il arrivé à maman?

Il alluma sa sempiternelle cigarette, regarda quelque part dans le lointain et répéta mes derniers mots, l'air pensif: «Et qu'est-il arrivé à maman...» Nous n'avions jamais parlé de ma mère, lui et moi, et en réalité je n'avais même jamais parlé de lui avec elle. Je m'en rendis compte au moment où commençait le cœur de son récit.

Il était huit heures et demie et mon père passait devant la fac, il allait en cours. Il aperçut un petit groupe, entendit des clameurs et comprit tout de suite qu'il devait s'agir d'un de ces habituels rituels de bizutage. Ça ne l'avait jamais intéressé et il poursuivait son chemin lorsqu'il se rendit compte que la victime désignée était une jeune fille. Alors, il s'approcha pour mieux voir. L'étudiante avait haussé le ton, elle réclamait qu'on la laisse tranquille, elle n'avait aucune intention de se prêter à ces bouffonneries.

Les autres parlaient tous en même temps, ils disaient que c'était la règle. Soit elle versait l'obole, aboya l'un d'eux qui semblait le chef, soit il y aurait des « conséquences ». À ce mot, il fit un signe vers la grande fontaine. La fille cria qu'elle allait appeler les carabiniers, un des anciens rétorqua qu'elle devait faire attention à ce qu'elle disait. Personne n'avait jamais impliqué les carabiniers dans une affaire de bizutage. Le groupe se resserra autour de la fille. Peut-être y eut-il une bourrade. Elle semblait sur le point de pleurer.

— Holà ! mais qu'est-ce que vous faites ? a dit mon père.

— Putain ! c'est qui, lui ?

— Un mec qui veut faire le héros ! a dit un autre.

— Tu veux finir dans la fontaine à la place du bizuth ? a dit un troisième.

— Vous ne pensez pas que ces clowneries devraient avoir des limites ? Le respect des femmes, par exemple ?

Le plus agressif du groupe était un petit gars musclé, candidat libre en médecine depuis plusieurs années, qui avait les cheveux coupés en brosse et un prognathisme voyant. Il pratiquait la boxe et adorait faire le coup de poing – détails que mon père n'apprit qu'après l'incident. Complexé par sa taille, il aimait particulièrement chercher noise aux garçons très grands. Frustré par la médiocrité de son parcours universitaire, il aimait se défouler sur les bons étudiants. Avec mon père, certainement sans le savoir, il pouvait faire d'une pierre deux coups.

— Tu crois qu'à cause de tes lunettes j'vais pas t'casser ta gueule ? lança-t-il à mon père en le poussant.

— Tu veux peut-être dire : « casser *la* gueule » ?

Il n'avait pas pu s'empêcher de faire la correction. L'autre le fixa un instant, déboussolé : est-ce que ce maigrelet à lunettes disait qu'il allait lui casser la gueule ? L'affaire se compliquait, il décida de la simplifier : « Vire tes lunettes, pédé ! »

Mon père s'exécuta. Il n'avait aucune expérience des bagarres et des rixes. Il imaginait peut-être que ce lourdaud allait renoncer et se contenter de le bousculer un peu.

Il n'en fut rien. Mon père replia ses lunettes, mais il n'eut pas le temps de les ranger avant que l'énergumène ne lui assène deux coups de poing en plein visage, un à droite et un à gauche. Pourquoi ? Sans doute parce qu'il *pouvait* le faire, c'est tout. La violence découle presque toujours de cette simple raison. Un des coups atterrit sur l'arcade sourcilière gauche, qui se fendit.

Quand une arcade sourcilière se fend, ça saigne beaucoup. Une forte agitation s'ensuivit. Une personne cria, une autre appela à l'aide, et les bizuteurs s'enfuirent en courant. De ce moment, dont tous ceux qui étaient là avaient oublié les détails (ce sont des choses qui arrivent, comme les coups de poing en plein visage), mon père se rappelait deux choses précises. La première, c'étaient les éclaboussures froides de la fontaine, portées par le vent, qui lui fouettaient le visage et se mêlaient à son sang. La seconde, c'étaient les yeux de ma mère.

— Mais tu connaissais maman, avant cet épisode?

— Juste de réputation.

— C'est-à-dire?

— Elle était très belle. Elle l'est encore. On l'admirait pour ça.

Si elle était si belle, pourquoi es-tu parti? Ces mots, qui évidemment n'avaient pas grand sens, se matérialisèrent dans ma tête de façon tout à fait incontrôlée, comme une enseigne au néon. Ils clignotaient. En réalité, ils clignotaient depuis de nombreuses années.

«Pourtant, dans la confusion, je ne l'avais pas reconnue tout de suite», ajouta-t-il.

Il me fallut quelques secondes pour retrouver le fil.

— Et ensuite?

— Quelqu'un m'a accompagné aux urgences. Je ne me rappelle plus qui c'était, peut-être un employé de l'université. Mais ta mère est venue aussi, et elle a attendu pendant qu'on me faisait des points de suture et qu'on me soignait. Puis nous sommes allés prendre un café et fumer une cigarette, et c'est comme ça qu'on s'est connus.

— Pourquoi ne m'avez-vous jamais raconté cette histoire?

Mon père haussa les épaules :

— Je ne sais pas. L'occasion ne s'est pas présentée.

— Tu avais quel âge ?

— Vingt et un ans.

— Et maman ?

— Dix-huit.

— Et vous êtes restés ensemble jusqu'à ce que… jusqu'à ce que vous vous sépariez ?

Il eut une expression très étrange, avec un sourire triste, une expression que je ne pus déchiffrer.

« Non. On s'est séparés au bout de trois ans. »

12

Alors que mes parents étaient séparés depuis deux ans environ, un après-midi, comme à l'accoutumée, je n'avais pas envie de faire mes devoirs. Aussi décidai-je de m'accorder une pause et de me préparer un sandwich avec ce que je pourrais trouver dans le frigo.

J'utilise ici le terme « pause » de manière impropre : il suppose normalement qu'une chose ait commencé et qu'on l'interrompe temporairement, or je n'avais pas encore commencé à travailler. Toutefois, j'avoue ne m'être jamais laissé impressionner par de tels détails de vocabulaire. Aujourd'hui encore, je suis parfaitement capable de faire une pause dans un travail longtemps avant de l'avoir commencé.

Dans la cuisine, la lumière était éteinte. J'allumai et surpris alors ma mère assise la tête entre les mains, coudes appuyés sur la table. Elle avait son manteau sur le dos, et son sac était posé par terre. Elle s'apprêtait à sortir, mais quelque chose – un fait, une pensée – l'avait arrêtée net, la pétrifiant dans cette pénombre si familière et devenue soudain si effrayante, dans une position qui ne lui était pas habituelle et avec un *regard* qui ne lui était pas habituel. Cette vision me troubla si fortement que mes jambes se mirent à trembler.

Ma mère se tourna vers moi – au ralenti, me sembla-t-il – et, un instant, j'eus presque l'impression qu'elle ne me reconnaissait pas. Puis elle sursauta : « Viens là, mon cœur ! » Je m'approchai et elle me prit la main :

— Excuse-moi, excuse-moi, mon cœur…

— De quoi, maman ?

— Parfois, je me dis que je ne suis pas faite pour ça, que je ne suis pas une bonne mère. Excuse-moi.

J'aurais voulu lui dire : ce n'est pas vrai, ce n'est pas vrai, que tu n'es pas faite pour ça ! J'aurais voulu lui dire que ce n'était pas sa faute, si papa était parti. Ce n'était pas ma faute non plus, ce n'était pas notre faute. J'aurais voulu lui dire qu'on s'en sortirait même sans lui. Mais je n'y suis pas parvenu et, comme tant de fois dans ma vie, je n'ai pas réussi à parler au moment où il l'aurait fallu. Elle se mit à pleurer, et moi aussi je me mis à pleurer. Je restai silencieux, uniquement capable de la serrer dans mes bras – je sentais la laine douce de son manteau rouge sous mes mains, et respirais sur sa peau lisse et sèche ce parfum qui évoquait une poudre ancienne et précieuse.

Elle finit par se ressaisir et, du bout des doigts, sécha les larmes de mon visage. Puis elle dit que ce n'était rien et que ça arrivait parfois, les moments de découragement.

Ça passait, ajouta-t-elle.

Elle se leva, me fit une caresse et m'embrassa sur le front avant de dire qu'elle devait y aller, autrement elle allait être en retard.

13

Il y avait une espèce d'alternance ambiguë dans le récit de mon père. Par moments il semblait soulagé et même heureux de pouvoir se confier, comme s'il attendait cette occasion depuis longtemps et, un instant plus tard, il semblait frappé par le doute, mal à l'aise, presque réticent. J'étais obligé de le solliciter.

«J'aimerais entendre toute l'histoire», lui dis-je pendant une pause. Il prit sa serviette et nettoya avec soin ses lunettes, qui n'en avaient nul besoin.

— On s'est mis ensemble quelques mois après l'accident de la fontaine, et on est restés en couple pendant presque deux ans et demi. J'avais vingt-quatre ans et j'étais depuis peu *assistente ordinario* quand... quand on s'est quittés.

— *Assistente ordinario*?

— C'était un statut universitaire, avant la réforme. À la fin de tes études, si un professeur t'appelait pour travailler avec lui, tu devenais *assistente volontario*, ce qui voulait dire, en pratique, que tu travaillais sans être payé. Après, il y avait un concours pour devenir *assistente ordinario*. Si tu le réussissais, tu étais embauché pour de bon, rémunéré, et tu pouvais aussi être chargé de cours. L'étape suivante, c'était de devenir *professore ordinario*.

— C'est ce que vous êtes maintenant, maman et toi.

— Oui.

— Et c'était normal, de devenir *assistente ordinario* à vingt-quatre ans ?

— Pas très fréquent, mais pas exceptionnel non plus.

— Et quand es-tu devenu *professore ordinario* ?

— À vingt-huit ans.

— Et ça, c'était normal ?

— Non, en effet. C'était plutôt rare avant 30, voire quarante ans.

— Et pourquoi avez-vous décidé de vous quitter, avec maman ? Je veux dire, quand vous étiez jeunes.

— Je ne suis pas sûr que ce soit une bonne idée d'en parler.

— Tu es né en 1932, c'est ça ?

— Oui, et alors ?

— Cette histoire a eu lieu quand tu avais vingt-quatre ans, donc en 1956 ?

— Oui ?

— Ce dont on parle s'est passé il y a trente ans. Il doit s'être produit quelque chose de terrible, si tu n'es pas sûr que ce soit une bonne idée d'en parler !

Ça sonnait bien : un ton sarcastique, mais pas trop. Un propos d'adulte, c'était ce qu'il fallait.

Mon père a eu un mouvement de tête qui me donnait raison. Il a allumé une énième cigarette, et c'est à ce moment-là que j'ai remarqué pour la première fois que les phalanges et les ongles de l'index et du majeur de sa main droite étaient jaunis par la nicotine.

« D'accord. En réalité, il n'est pas vraiment exact que nous ayons "décidé" de nous quitter. C'est elle qui a décidé, et moi j'en ai pris acte. C'était un après-midi de mars, un vendredi, et nous étions censés aller au cinéma. Je me rappelle encore le titre du film : *La dernière fois que j'ai vu Paris*, avec Elizabeth Taylor. C'était tiré d'une nouvelle de Fitzgerald, qui était alors un de mes auteurs préférés. Je suis passé prendre ta mère et, là, elle m'a dit qu'elle préférait faire une promenade, car elle voulait me parler. »

Il a esquissé un petit rire sans joie et ajouté : « Si ta petite copine ou ta femme change de programme pour faire une promenade et te parler, méfie-toi. Il y a certainement une entourloupe à la clef... »

Il a laissé passer quelques secondes.

« ... d'une manière ou d'une autre », a-t-il conclu, après avoir peut-être examiné les différentes déclinaisons du concept d'entourloupe.

— Et qu'est-ce qu'elle t'a dit?

— Quelque chose de plutôt fréquent dans ces situations-là. Mais à l'époque, je ne savais pas que c'était fréquent.

— C'est-à-dire?

— Qu'elle avait besoin de faire une pause pour réfléchir. Elle allait bientôt terminer ses études, elle voulait avoir des expériences à l'étranger et devait chercher une bourse d'études. Elle avait besoin de mieux comprendre ses propres sentiments, et il ne lui semblait pas juste de me mêler à une situation qu'elle-même ne trouvait pas claire. Voilà ce qu'elle m'a dit.

— Tu ne t'en doutais pas? Je veux dire: tu ne t'attendais pas à ce qu'elle te fasse un discours de ce genre?

Il eut un autre rire sans joie:

— Les mathématiciens, surtout les jeunes, ont tendance à ne pas se rendre compte de détails négligeables comme les changements de l'âme humaine. Voilà une entrée en matière verbeuse pour te dire que, non, je ne m'en doutais pas.

— Et qu'est-ce que tu lui as répondu?

— Tu sais ce qui est bizarre? Je me rappelle très bien ce qu'elle m'a dit – ce que je viens de te raconter –, mais je n'ai aucun souvenir de ce que je lui ai répondu. J'étais trop bouleversé, je ne m'y attendais pas. Je suppose que je lui ai demandé quelques explications... Ah oui, et je lui ai sûrement dit que ça me semblait une décision précipitée. Quelle idiotie ! Pourquoi « précipitée » ? À moi, elle semblait précipitée. Mais elle, à l'évidence, elle y réfléchissait depuis longtemps, et sa décision était tout ce qu'on veut, sauf impulsive. Mais, à ce moment-là, je n'étais pas en mesure de concevoir des distinctions aussi subtiles.

— Et après ?

Mon père ne répondit pas immédiatement. Il plissa le front, comme s'il tentait d'ordonner un enchevêtrement d'idées confuses, ou comme s'il se demandait ce qu'il était opportun de révéler de cette vieille histoire.

« Maman ne t'a jamais parlé de nous ? »

Je secouai la tête. C'était la réponse à laquelle il s'attendait.

« On s'est quittés, comme ta mère l'avait décidé, et j'en ai eu le cœur brisé. »

Si quelqu'un m'avait dit, ne serait-ce que la veille, que mon père aurait pu utiliser une expression comme celle-ci, qui plus est en se référant à lui-même, je ne l'aurais jamais cru.

« Mais tu sais quoi ? Je n'arrive pas vraiment à me rappeler comment c'était, d'avoir le cœur brisé. Il ne me reste que le souvenir fané d'avoir éprouvé une émotion violente et terrible. Je sais que c'était violent et terrible, parce que je me le suis répété de nombreuses fois, mais je n'arrive pas vraiment à retrouver ces sensations. »

Il s'est interrompu brusquement, un peu comme si, sans s'en rendre compte, il s'était retrouvé au bord d'un précipice. Il a écrasé sa cigarette et n'a plus dit un mot.

Mais moi, maintenant, je voulais savoir ce qui s'était passé après. Tout à coup, c'était devenu une urgence. Comment avaient-ils pu, après s'être quittés dans leur jeunesse, se retrouver, se marier, me mettre au monde, et décider de se séparer à nouveau, définitivement? Que s'était-il passé? Et qui avait pris la décision, la deuxième fois? J'avais toujours supposé que c'était mon père mais, à présent, beaucoup de convictions sur lesquelles j'avais fondé mon sentiment d'identité – qui j'étais, pourquoi j'étais ainsi, à qui en revenait la faute – perdaient de leur consistance, devenaient insaisissables et laissaient filtrer d'autres possibilités.

La petite cicatrice sur l'arcade sourcilière et son histoire avaient ouvert une porte qui donnait sur des pièces autrefois dissimulées. Je ne pouvais détourner le regard de ce qu'il y avait à l'intérieur, dans la pénombre. Je ne pouvais me retirer comme si de rien n'était.

«Continue!»

Il passa la main sur son visage, dans un geste involontaire:

— Trop de choses se sont passées pour que je puisse te les raconter ici et maintenant. Et puis, certaines d'entre elles ne sont pas très intéressantes.

— Mais vous vous êtes retrouvés après combien de temps?

— Il nous arrivait de nous croiser de temps à autre.

— Mais quand est-ce que vous vous êtes... remis ensemble ?

Il me raconta d'un ton neutre et un peu faux qu'après un certain nombre d'années ils avaient recommencé à se fréquenter, et que quelques mois plus tard ils s'étaient mariés. Un récit tellement linéaire et plat qu'il semblait vidé de son essence.

À ce moment-là, M. Dominique arriva. Il nous demanda si tout allait bien et si nous voulions une autre eau-de-vie. Mon père répondit que non merci, nous avions assez bu. Cependant, il avait l'air content de cette interruption, comme si elle l'avait tiré d'embarras en lui évitant de continuer son récit, et il se mit à discuter avec le patron.

Je ne comprenais pas bien ce qu'ils se disaient, mais je devinai, en gros, le sujet de leur conversation. Mon père lui demandait ce que nous pouvions faire après dîner, si nous ne voulions pas rentrer nous coucher. Le patron comprit de travers : nous voulions peut-être des filles ? Il me sembla reconnaître le mot «*putains** », suivi d'un emphatique point d'interrogation. Dominique était plutôt stupéfait, ça ne lui avait pas semblé notre genre. Mon père sourit : non, non, nous ne cherchions pas de filles. Nous aurions aimé trouver un endroit où écouter un peu de musique, un cinéma ouvert tard le soir, ou toute autre activité, parce que nous ne voulions pas rentrer nous coucher. Avait-il quelque chose à nous conseiller ? Jusque-là, j'avais réussi à suivre. Ensuite, ils se mirent à parler plus rapidement, et je fus perdu.

La conversation finie, Dominique sortit le carnet où il notait ses commandes. Il écrivit quelque chose en lettres majuscules puis arracha la page et la donna à mon père.

Nous nous sommes levés et lui avons serré la main, le patron disait quelque chose sur le fait que nous devions revenir, par exemple le lendemain – en tout cas, c'est ce que j'ai cru comprendre –, et puis nous sommes partis.

— Qu'est-ce qu'il a écrit sur ce papier ? demandai-je quand nous nous fûmes éloignés de quelques dizaines de mètres du restaurant, en direction du quai.

— L'adresse d'une boîte de jazz. Quelle heure est-il ?

Mon père ne portait jamais de montre.

— Dix heures et demie.

— Il a dit qu'ils ne commencent pas à jouer avant minuit. On traîne une heure dans le quartier, et après on y va.

14

Nous nous sommes promenés sur le port, en longeant les limites du Panier sans les franchir. Les lieux communiquaient un sentiment ambigu, on oscillait entre une atmosphère presque familiale, comme dans un village, et la sensation d'une menace diffuse et latente ; on aurait dit que quelque chose rampait, se déplaçait silencieusement dans les ruelles et nous regardait sans être vu.

Nous nous sommes assis à la table d'un bar, mais en veillant à ne plus prendre d'alcool. Gastaut m'avait prescrit de passer deux jours comme un garçon de dix-huit ans normal, mais nous étions convenus que le concept de normalité n'incluait pas de m'enivrer de vin et d'eau-de-vie, fût-ce sous la surveillance directe et collaborative de mon père.

Nous avons donc commandé deux cafés, sans doute les pires de notre séjour marseillais, et nous avons recommencé à bavarder. Pendant toute mon existence, je m'étais totalement désintéressé de ce qui concernait mon père. Or, maintenant, tout m'intéressait, et mes questions fusaient les unes après les autres :

— Comment tu étais, à mon âge ?

— Je ne sais pas. Je n'ai jamais été capable de parler de moi – je veux dire, d'une manière fiable. Je crois que c'est un phénomène assez banal. Si tu essaies de demander à des gens que tu connais bien de se décrire, tu t'aperçois que personne n'est capable de le faire. Dans le meilleur des cas, ils sortent quelques stéréotypes plus ou moins bien ficelés. Ou bien ils racontent les mensonges auxquels ils ont besoin de croire.

— D'accord, mais il y avait quelque chose que tu aimais vraiment ?

— J'aimais la musique et les maths. Je rêvais de devenir pianiste de jazz et grand mathématicien. Sur ces deux aspirations, on peut dire que j'en ai réussi la moitié d'une.

— Comment ça ?

— Je ne suis pas devenu pianiste de jazz et je suis devenu, tout au plus, bon mathématicien. Je rêvais de passer à la postérité pour avoir démontré le théorème de Fermat. Je n'y suis pas parvenu, et personne ne se rappellera jamais mes modestes intuitions.

— Il faudrait que tu m'expliques qui est Fermat.

— C'est un mathématicien et un juriste français du XVIIe. Dans les siècles passés, il était fréquent d'être à la fois juriste et mathématicien. Un jour, un de mes amis, professeur de droit civil, m'a dit que l'intelligence qui permet de comprendre véritablement le droit a une structure très spécifique et très semblable à celle des mathématiciens. J'étais sceptique et, pour me convaincre, il m'a cité un grand mathématicien polonais, Stefan Banach, qui disait que les bons mathématiciens réussissent à voir les analogies quand les *grands* mathématiciens réussissent à voir les analogies entre les analogies. C'est une formule géniale, et mon ami disait qu'elle était aussi valable pour les juristes : les bons saisissent les analogies, les homogénéités, les différences, tandis que les grands saisissent les analogies entre les analogies. Ils sont capables de porter le discours à un niveau supérieur. Fermat a fait pas mal de découvertes importantes, mais il a accédé à la célébrité pour les siècles à venir grâce à un théorème : il disait en avoir trouvé une démonstration splendide. Malheureusement, a-t-il écrit, les marges du livre sur lequel il prenait des notes étaient trop étroites pour la contenir. J'ignore s'il l'avait vraiment trouvée, cette démonstration. En fait, j'ai même beaucoup de doutes à ce sujet. Mais depuis ce jour, les mathématiciens du monde entier la cherchent en vain et, aujourd'hui encore, personne ne sait si elle existe vraiment. C'est pour cela que beaucoup préfèrent parler de « conjecture » de Fermat.

— Je n'ai pas compris : il prenait des notes sur les marges d'un livre ?

— Oui, sur les *Arithmétiques* de Diophante d'Alexandrie, un mathématicien grec.

— Ça se faisait, au XVIIe siècle ?

— En 1637, pour être précis.

— Et depuis, personne n'a pu démontrer ce théorème ?

— Peut-être quelqu'un s'en est-il approché, mais la démonstration n'existe pas encore. Et n'oublie pas que les instruments algébriques dont nous disposons aujourd'hui sont beaucoup plus sophistiqués et puissants que ceux qui existaient au temps de Fermat.

— Et toi, tu t'en es déjà approché ?

— J'ai cru être arrivé tout près, mais je me trompais. J'ai essayé pendant vingt ans et j'ai capitulé : les mathématiques sont un sport pour jeunes athlètes.

Il laissa passer quelques secondes avant de reprendre :

— Quelqu'un y parviendra tôt ou tard. Pour le moment, la démonstration n'a été trouvée que dans un roman.

— Comment ça ?

— Il paraît que dans le dernier livre d'Oriana Fallaci – je ne l'ai pas lu – le personnage principal trouve la démonstration mais, comme il est en prison, à l'isolement, sans papier ni crayon, il ne peut fixer la solution. Il n'arrive pas à la mémoriser et finit par l'oublier.

— C'est plausible, une telle histoire ?

Mon père eut une expression étrange :

— Tu sais, les voies du génie sont infinies, et l'intuition imprévue fait intrinsèquement partie de la découverte scientifique, et donc aussi de la découverte mathématique. Mais disons qu'il est très improbable que cette intuition se manifeste si elle n'est pas précédée d'une longue incubation qui comporte, justement, beaucoup de travail avec papier et crayon. Quoi qu'il en soit, romans mis à part, de nombreux mathématiciens ont cru avoir démontré cette conjecture et, seuls ou avec l'aide d'autrui, ils se sont rendu compte que ce n'était pas le cas et qu'il y avait une erreur, à un moment ou un autre de leur démonstration.

— Pourquoi c'est si important pour toi, les maths ?

— Pourquoi c'*était* si important. Je l'ai compris il y a quelques années seulement, à peu près quand j'ai renoncé à mes tentatives sur la conjecture de Fermat. J'avais toujours pensé que la raison pour laquelle j'aimais les maths, c'était parce que j'aimais la beauté. Je me suis toujours fichu des éventuelles applications pratiques de ce sur quoi je travaillais, de ce que j'essayais de découvrir. Mon critère, c'était la beauté, la beauté pure et simple.

Il ôta ses lunettes, cligna des yeux et les frotta ensuite. Il fit un geste pour prendre sa tasse, mais il dut se rappeler le goût du café, et sa main s'arrêta en l'air :

« Plus tard, j'ai compris que les maths, pour moi, c'était aussi un instrument pour apaiser l'anxiété, pour combattre l'angoisse de l'existence et son caractère imprévisible, c'était une défense contre la peur. En allemand, une des langues les plus précises qui soient, et où il existe divers synonymes pour chaque concept, il n'y a qu'un mot pour dire "anxiété" et "peur" : "*Angst*". C'était cela : une défense contre la peur, un remède au chaos et un moyen de l'apprivoiser. »

Il s'interrompit. J'imagine que je devais avoir un regard plutôt médusé.

— Tout va bien ? me demanda-t-il.

— Je n'aurais jamais imaginé que tu puisses me dire des choses pareilles.

— Aucun de nous deux n'aurait jamais imaginé se retrouver dans une situation pareille, pour rester dans la thématique de l'imprévisible et de l'incontrôlable.

— Tu as raison. Continue.

— Beaucoup de mathématiciens aiment à penser – bien qu'en général ils n'aient pas le courage de le dire explicitement – que tout peut être réduit à des symboles et des formules. Je le pensais moi-même, de manière plus ou moins consciente : l'univers a une structure mathématique et il s'agit simplement de la découvrir.

— Et ce n'est pas vrai ?

— Non, ce n'est pas vrai. Les maths ne préexistent pas aux découvertes des mathématiciens. C'est une construction qui explique beaucoup de choses du monde, mais pas toutes.

Il fit une autre pause. « Tu me suis ? » Oui, je le suivais. « Les mathématiciens aiment se sentir supérieurs. Une histoire circule, une plaisanterie, qui décrit très bien cela. »

À ce moment-là, un petit chien blanc avec des taches noires, une espèce de fox-terrier mâtiné d'autre chose, s'approcha. Il se laissait caresser, remuait la queue avec dignité, comme pour se montrer aimable mais sans aucune trace de soumission.

« *Tati, viens ici** ! » Une femme aux cheveux courts, qui semblait un modèle de Modigliani, l'appelait. Le chien partit en courant.

— Tu sais qui c'est, Tati ?

— Non.

— Un acteur comique français – un comique surréaliste et intelligent. Il est mort l'an dernier.

Il laissa passer quelques secondes : « Ta mère l'aimait beaucoup. » La référence à ma mère resta suspendue un instant entre nous. « Bon, la plaisanterie, donc. Un astronome, un physicien et un mathématicien traversent l'Écosse en train. À un moment donné, ils voient un mouton noir dans un pré. L'astronome s'exclame : “C'est intéressant ! Ainsi, en Écosse, les moutons sont noirs.” Le physicien le regarde d'un air dégoûté : "Encore une de ces généralisations arbitraires typiques de vous autres, les astronomes ! En réalité, la seule affirmation irréfutable possible est qu'en Écosse il y a au moins un mouton noir." Le mathématicien les regarde tous les deux, soupire et conclut d'un ton docte : "Je ne sais pas quoi faire de vous deux. Tout ce que nous pouvons dire, c'est qu'en Écosse il y a au moins un mouton, et qu'au moins un côté de ce mouton est noir." »

Je lui dis que c'était une bonne plaisanterie, d'un ton qui me fit me sentir adulte. Oui, elle est bonne, confirma-t-il, et à l'évidence, c'est un mathématicien, ou tout au plus un logicien, qui l'a inventée. Elle traduit bien l'attitude des mathématiciens vis-à-vis des autres scientifiques.

Il alluma une autre cigarette.

Je me dis qu'il y avait quelque chose d'irrémédiable et de tragique dans cette habitude qu'il avait de fumer en continu, cette manifestation de faiblesse presque revendiquée et transformée en son contraire. On devinait, dans la répétition de ces gestes toujours identiques, un choix délibéré d'autodestruction : sortir de sa poche le paquet mou et déformé, tapoter sur le bord supérieur, faire apparaître le filtre ocre, le glisser entre ses lèvres, frotter une allumette et aspirer avec décontraction.

— Parfois, je me dis que je suis fatigué.

— Fatigué de quoi ?

— Quand tu as vécu de nombreuses années de ta vie avec la conviction d'être dépositaire d'un savoir supérieur, le jour où cette certitude se fissure, tu te sens perdu. Et d'un seul coup, tu as l'impression de ne plus t'intéresser à rien.

— Pourtant, tu t'intéresses à beaucoup de choses ! Tu écoutes de la musique, tu lis plein de livres...

— Eh bien tu vois, la lecture, c'est un bon exemple. C'est vrai, j'ai toujours beaucoup lu. Mais au fond, mon attitude était inadaptée, dangereusement inadaptée.

— Tu exagères !

— Attends, laisse-moi finir. J'étudiais et je lisais tout en étant convaincu que l'important était ailleurs, que la véritable connaissance était la connaissance scientifique, et en particulier les maths, et que le reste n'était que bavardage, ingénieux dans le meilleur des cas. J'abordais les romans et les livres de philosophie, de politique ou de sociologie avec le même esprit que certains intellectuels quand ils lisent – que sais-je ? – des romans policiers ou de la science-fiction. Un passe-temps, certes pas honteux, mais dont il ne faut pas oublier la nature, surtout par rapport à soi-même. Car les hiérarchies sont claires : il y a les choses sérieuses et il y a le divertissement, plus ou moins raffiné, sophistiqué et complexe intellectuellement, mais qui reste néanmoins toujours du divertissement. Tu te le concèdes avec une réserve mentale, même quand il s'agit d'un essai de Sartre.

C'est un passe-temps frivole de l'intelligence avant le retour aux choses sérieuses. Mais maintenant, j'ai l'impression qu'on a enlevé la chaise sur laquelle j'étais assis.

Il paraissait fragile. J'ai eu envie de lui serrer l'épaule d'une main, mais je n'ai pas osé. Il s'est massé les tempes, a fermé à moitié les yeux :

« C'est peut-être parce que je n'ai pas été à la hauteur de mes attentes. Mais je soupçonne que, même si j'avais réalisé mes rêves de gloire mathématique, un tel moment serait arrivé de toute manière. J'imagine que c'est lié, banalement, au fait que je vieillisse et que j'aie peur de la mort. » Il s'interrompit. « Je ne devrais pas parler de ces choses-là avec toi », a-t-il ajouté en remuant la tête, comme pour dire non d'un air décidé.

« Tu as quelqu'un d'autre avec qui tu peux en parler ? », demandai-je. Il m'a regardé avec l'air de celui qui n'est pas sûr d'avoir bien compris, pas sûr d'avoir bien entendu la question.

— Non, personne, a-t-il dit enfin.

— Alors parles-en avec moi.

Ma réponse a semblé le frapper, presque comme si elle lui permettait d'entrevoir une solution. « Tu as raison, murmura-t-il, autant en parler avec toi. » Il n'y avait nulle trace d'ironie dans sa voix, qui aurait souligné l'étrangeté de notre échange. « J'ai toujours pensé que je ne vieillirais jamais. Il me semblait impossible qu'un jour je pourrais dire :

“J’ai quarante ans.” Aujourd’hui, j’en ai plus de 50. »
Il termina sa cigarette, presque en la suçant, avec une aspiration tellement intense qu’elle lui creusa deux sillons dans les joues.

— J’aurais dû mourir jeune. Pas physiquement : je veux dire que j’aurais dû mourir en tant que mathématicien – changer de travail, laisser tomber dès que j’ai commencé à me rendre compte que mes forces s’étaient épuisées. Même quand on est bon – et j’étais assez bon –, il y a un moment où on découvre sa propre médiocrité par rapport au talent supérieur ou, plus encore, par rapport au génie. On devrait pouvoir s’arrêter quand on a atteint la limite de ses possibilités, mais il n’en va presque jamais ainsi.

— Quand est-ce que tu as su que tu étais doué pour les maths ?

Ma question résonna comme un reproche : je n’aimais pas ses propos, je n’aimais pas ce qu’il était en train de me raconter. Il sembla le comprendre, et son ton se fit moins amer :

— J’ai toujours été très bon à l’école, depuis tout petit. Toutefois, il y a un épisode précis dont je me souviens, un de ces instants où tu as l’impression de saisir une espèce de prédestination, et que tu aimes raconter.

— Alors vas-y !

— J’avais commencé le collège depuis peu, c’étaient les premières semaines de cours. Le prof nous a raconté une anecdote sur un célèbre mathématicien,

Gauss, lorsqu'il était enfant. Il paraît qu'un jour, dans la classe de Gauss – il avait alors neuf ans –, les élèves étaient particulièrement agités. À un moment donné, le maître, exaspéré, leur a ordonné d'additionner tous les nombres de 1 à 100. Il se disait que ça les tiendrait occupés pendant un bon moment, et qu'il aurait la paix.

À cet instant, un garçon et une fille de mon âge ou à peine plus âgés, en sandales et larges chemises et aux airs de hippies, s'approchèrent de nous, nous appelèrent « frères » en anglais – *hi brothers* ! – et nous demandèrent si nous avions une cigarette. Mon père prit son paquet, en sortit trois ou quatre et les leur donna.

— 5 050, dis-je quand nos regards se croisèrent à nouveau.

— Quoi ?

— 5 050, c'est le résultat de ton addition.

— Ah ! alors je t'avais déjà raconté cette histoire ?

— Non.

— Non quoi ?

— Tu ne me l'as jamais racontée.

Une expression de stupeur se peignit sur son visage. « Comment tu as fait ? », dit-il lentement. Il fallut que je réfléchisse quelques instants :

— Eh bien, j'ai vu les nombres disposés sur un segment. Tous, de 1 à 100. Puis ce segment a bougé, comme dans un dessin animé, et s'est transformé en un cercle, où les extrêmes, 100 et 1, se touchaient.

À ce moment-là, il m'a paru naturel de les additionner : 101. Puis j'ai vu le diamètre du cercle, qui partait du point exact entre le 1 et le 100 et arrivait au point exact entre le 50 et le 51. Je les ai additionnés, j'ai vu que le résultat était le même, et je me suis rendu compte que le nombre 100 se divise en 50 couples dont la somme est toujours égale à 101. Alors j'ai multiplié 101 par 50, autrement dit 100 x 50 + 50.

— Tu es capable de traduire ça en une formule ?

— Je pense.

Il me tendit un petit bloc-notes noir et le stylo qu'il avait toujours avec lui, et j'écrivis : $n/2\ (n + 1)$. Puis j'y réfléchis à nouveau : $n\ (n + 1)/2$. « C'est mieux. » Je lui rendis son stylo. Il l'a tenu en main comme si c'était une cigarette, j'étais persuadé qu'à un moment ou à un autre il finirait par le mettre entre ses lèvres.

— Qu'est-ce que tu as eu comme note en maths, au premier trimestre ?

— 6 sur 10.

— 6. Et à la fin de l'année, tu auras combien ?

— 6.

— Pourquoi ?

— Pourquoi quoi ?

— Tu sais ce que je veux dire.

Je haussai les épaules. Mon père se pencha en avant : « Quand tu étais petit, lors de tes premières années de primaire, tu étais très bon élève. Tu es entré au collège, et tout a changé. » Il était parti de la maison lorsque j'étais en quatrième année d'école et mes résultats scolaires – excellents jusqu'alors – s'étaient effondrés. J'avais fini par friser le redoublement. Je m'étais repris au collège, en me stabilisant dans une paisible médiocrité : je vivotais dans toutes les matières, où j'avais généralement des 6 sur 10, parfois même quelques 7. Mais le talent pour les mathématiques que je semblais avoir quand j'étais petit avait disparu.

J'ai regardé à nouveau mon père droit dans les yeux. Je lisais sur son visage une ombre de vulnérabilité inquiète, insupportable. J'ai détourné le regard.

« Tu n'as pas fini ton anecdote, avec l'histoire de ton prof, au collège. »

Il a sursauté légèrement :

— Ah oui. Évidemment, il nous a raconté que Gauss avait répondu au bout de quelques secondes, et il a demandé si l'un d'entre nous était capable d'en faire autant.

— Et toi, tu as répondu.

— C'est ça.

— Et qu'est-ce qu'il a dit ?

— Il m'a demandé comment j'y étais arrivé. J'ai expliqué que j'avais imaginé les nombres comme autant de points disposés sur un segment, et que j'avais additionné les extrêmes : 100 + 1. Puis je m'étais rendu compte que la somme de 99 et 2 donne le même résultat… ensuite, c'était facile. Mais ta solution est plus belle, avec le segment qui devient un cercle. C'est sûrement l'influence du dessin.

— Et Gauss, comment il avait fait ?

— On ne sait pas. On ne sait même pas si l'anecdote est vraie, ou si c'est une de ces innombrables légendes qui circulent sur les génies. Mais j'ai découvert par la suite que mon prof faisait le test avec tous ceux qui entraient au collège, en début d'année scolaire. Autant que je le sache, nous ne sommes que deux à avoir répondu. Je ne sais pas qui est le deuxième.

— Il a dû être heureux, ton prof.

— Il m'a dit qu'il me mettrait un 9 sur 10. Il a ajouté que, en théorie, une solution fournie dans un laps de temps aussi rapide mériterait un 10, mais que s'il me mettait tout de suite le maximum, cela serait comme dire, implicitement, que je ne pouvais pas progresser, et il contribuerait ainsi à gâcher mon talent.

Il a réfléchi un instant. « Je ne me souviens plus de ses mots exacts, mais leur sens était le suivant : il ne faut pas jeter le talent par la fenêtre. »

15

Il était maintenant vingt-trois heures.

— Alors, ça te dit, d'aller dans ce club où on joue du jazz ?

— D'accord. Je n'ai jamais écouté de jazz, ça pourrait me plaire.

— Tu *crois* que tu n'as jamais écouté de jazz. On dit que le jazz est partout.

— C'est qui, ce « on » ?

Il eut un petit rire :

— Moi. Mais le jazz est un sujet sur lequel circulent un tas d'aphorismes. Le plus célèbre est celui-ci, de Louis Armstrong : « Si vous avez besoin de savoir ce qu'est le jazz, vous ne le saurez jamais. »

Il sortit le plan et chercha l'adresse que Dominique avait inscrite sur une page de son carnet de commandes.

— À pied, ça nous prendra une quarantaine de minutes. Si tu veux, on peut prendre un taxi.

— Allons-y à pied, ça fera passer un peu de temps.

— Dominique a dit que c'était dans une zone un peu malfamée.

Je haussai les épaules : « Le port aussi était dans une zone malfamée. »

Mon père ne fit pas d'autres objections et nous nous sommes mis en route, parcourant à nouveau la Canebière. À présent il n'y avait plus beaucoup de monde, et c'est peut-être pour cette raison que certains néons paraissaient plus intenses ; ici et là, ils semblaient même dotés d'une vie propre. Nous sommes passés devant un premier sex-shop, puis un deuxième. Arrivés au troisième, mon père m'a demandé si je voulais entrer.

— Tu plaisantes ?

— Si tu étais seul ou avec un de tes amis, tu entrerais ?

— Oui, répondis-je sans faire semblant d'hésiter.

— Moi aussi. Alors autant y faire un tour, pour chasser ça de nos têtes.

Nous avons franchi le seuil. Un épais rideau de plastique noir séparait l'extérieur de l'intérieur, un véritable ailleurs par rapport au monde réel, une autre dimension.

Je me souviens de tout comme si je l'avais devant les yeux en ce moment. L'éclairage était froid et violent, comme celui des morgues dans les films, et le local était beaucoup plus grand que ce qu'on aurait imaginé de prime abord. De l'extérieur, on aurait dit un petit magasin, une boutique de quelques mètres carrés, mais une fois passé le rideau, on accédait à une pièce spacieuse, très profonde. Il y avait des étagères le long des murs et des présentoirs dans toute l'allée centrale, cinq ou six clients traînaient en évitant soigneusement de se regarder les uns les autres. L'unique employé, un garçon maigre à l'air ordinaire, guère plus âgé que moi, se tenait derrière la caisse, où il jouait seul aux échecs.

Avec une certaine pédanterie, les cassettes vidéo et les journaux étaient classés par thèmes : orgies, lesbiennes, domination, homos, fouets ou animaux. Quant au riche assortiment de gadgets, il y en avait vraiment pour tous les goûts. Des huiles et des pommades promettaient aussi, en quatre langues différentes, des augmentations de taille spectaculaires – « jusqu'à huit centimètres en plus », était-il écrit sur une boîte agrémentée de dessins qui, à l'évidence, ne s'en remettaient pas à l'imagination du client.

De temps à autre, je vérifiais ce que faisait mon père. Il avait l'air à l'aise, il allait d'une étagère à l'autre en examinant tout avec attention, presque comme s'il était à la recherche d'éléments pour rédiger une étude critique sur ce fonds de commerce. À un moment donné, il a pris un fouet – un chat à neuf queues, pour être précis – qu'il a essayé en se frappant délicatement l'avant-bras.

Au fond du local, des cabines. Je m'approchai pour jeter un œil. Il y avait une machine à jetons sur chaque porte : en insérant 5 francs, on pouvait entrer, choisir un film parmi un vaste répertoire, classé par thèmes, comme sur les étagères, et jouir de quelques minutes de projection privée, avec les prérogatives qui y étaient attachées.

Sur chaque porte était écrit : «*Prière de laisser cet endroit aussi propre que vous désirez le trouver en entrant**». J'ai été tenté d'insérer 5 francs, j'avais même déjà porté la main à ma poche pour chercher des pièces, lorsque j'ai entendu une série de sons inarticulés, forts et gutturaux, comme lorsque quelqu'un s'éclaircit la gorge avec énergie. Ils provenaient d'une des cabines et se mêlaient à des halètements, dans un rapide *crescendo* qui s'est conclu par un grognement plutôt impressionnant. Un instant plus tard est sorti de la cabine un vieil homme qui puait la cigarette et tentait de refermer sa braguette, visiblement tachée. Selon toute probabilité, il n'avait pas obtempéré à la demande de l'écriteau.

D'instinct, j'ai retiré la main de ma poche, et je me suis rendu compte que mon père était à côté de moi.

«Et si on reprenait notre route?», a-t-il dit d'un ton neutre.

Nous nous sommes dirigés vers la sortie. Le vendeur joueur d'échecs n'a pas daigné nous adresser un regard. Je me demandais comment ils pouvaient vérifier qu'il n'y avait pas de vols.

Nous avons marché un moment en silence.

— Il m'est revenu en mémoire que, quand j'étais petit, tu jouais parfois du piano, ai-je dit. Tu utilisais celui qui est resté à la maison.

— Oui, c'est vrai.

— Mais je ne me rappelle pas ce que tu jouais.

— Un peu de tout, mais surtout du jazz à l'ancienne.

— Tu as étudié la musique, quand tu étais jeune? Je ne l'ai jamais su.

— Je suis allé chez un professeur de musique pendant plusieurs années, mais c'est seulement quand j'ai arrêté de prendre des cours que j'ai appris à jouer ce qui me plaisait. À la fac, j'ai fondé un groupe avec trois copains: piano, batterie, contrebasse et saxophone. On gagnait un peu d'argent en faisant des soirées dans les salles de bal ou en animant des mariages. C'était amusant. Pendant quelques années, nous avons même envisagé de graver notre propre disque. Puis nous avons fini nos études et chacun a suivi son chemin, qui n'était pas la musique.

— Vous composiez?

— Oui, nous avons écrit quelques titres. Je pense que deux ou trois n'étaient pas mal.

— Depuis combien de temps tu ne joues plus?

— Je joue un peu, de temps à autre.

— Mais tu n'as pas de piano chez toi !

Il secoua la tête, sans cesser de marcher.

— Et alors, comment tu fais ?

— Je vais chez un ami qui vend des pianos et je m'exerce un moment. Je choisis toujours un instrument différent.

— Pourquoi tu n'as pas emporté le piano ?

— Je ne sais pas. Laisser un objet auquel on tient dans un endroit dont on ne voudrait pas partir est peut-être un moyen de garder un lien avec cet endroit, c'est l'espoir d'y revenir. Je ne sais pas.

Sa réponse m'a laissé interdit. S'il avait décidé de nous quitter, ma mère et moi, que signifiaient ces paroles ? Je ne lui ai pas demandé d'explications. Il aurait fallu rendre trop de choses explicites, or je n'en étais pas capable. Je n'étais pas prêt.

— Mais toi, quel genre de musique t'intéresse ? a demandé mon père.

— La musique ne me passionne pas plus que ça. J'aime les compositeurs-interprètes, enfin, certains d'entre eux, le rock, les chansons qui racontent une histoire ou nous la font imaginer. Les paroles m'intéressent plus que la musique.

— Donne-moi un exemple.

J'ai réfléchi.

— J'aime bien une ballade de Don McLean, mais j'imagine que ce nom ne te dit rien.

— Je l'ai déjà entendu. Comment s'intitule cette chanson ?

— *American Pie*. C'est inspiré d'un fait divers qui s'est produit en 1959, une catastrophe aérienne au cours de laquelle trois musiciens ont perdu la vie. La chanson est pleine de symboles, j'aime bien l'écouter parce que, chaque fois, j'ai l'impression d'y découvrir un sens nouveau ou un épisode caché. Elle dure presque neuf minutes.

— J'ai envie de l'écouter, a-t-il dit, sans aucune condescendance.

— D'accord. Quand on rentrera, je te passerai le disque.

Il a esquissé un sourire incertain :

— En fait, je ne sais presque rien de toi. Je n'ai aucune idée de ce que tu veux, de ce que tu aimerais faire. Mais peut-être en est-il ainsi pour tous les parents.

— Je ne sais pas non plus ce que je veux. Je me le suis demandé, et ça a été comme regarder dans le vide. Je peux te dire un truc, sans que tu t'inquiètes ? C'est du passé.

— Promis, je ne m'inquiéterai pas.

— Parfois, je me suis demandé comment ça devait être de se suicider.

Son expression ne changea pas.

— Se suicider comment ?

— Justement, c'était ça, le problème. Je ne trouvais pas de méthode qui me semble sûre, j'entends par là, qui m'offre la certitude de ne pas souffrir pour rien.

— Ça t'arrive encore ?

— Non, pas depuis un moment.

— Moi aussi, ça m'est arrivé.

— Vraiment ?

— À l'époque du lycée. Et un soir, à la fin de l'université, il se trouve que j'en ai parlé avec des amis. L'un de nous venait de passer son dernier examen et allait bientôt avoir son diplôme. On a pas mal bu, on est passé aux confidences et, à un moment donné, j'ai avoué avoir pensé au suicide. Je supposais que mes copains seraient bouleversés. Et en un certain sens, c'est ce qui s'est passé, mais pas comme je l'avais imaginé. En fait, la même chose était arrivée à chacun d'entre nous, alors que j'étais convaincu qu'il s'agissait d'une expérience très rare, exclusive.

Nous sommes restés silencieux. Il y a des instants qui restent gravés dans notre mémoire de manière indélébile, parce qu'il se produit quelque chose qui change notre manière de voir le monde – en un instant, justement. L'anecdote du suicide me fit sortir du tunnel adolescent dans lequel j'avais vécu jusque-là – ce tunnel où on imagine que nos expériences sont uniques, ineffables, tragiques et, surtout, incompréhensibles pour les autres.

— L'an dernier, un garçon de mon lycée s'est suicidé.

— Je sais, je me rappelle.

— Ah bon ?

— Oui, j'aurais voulu t'en parler, mais je n'en ai pas été capable. Tu le connaissais bien ?

— Non, simplement de vue. On avait peut-être joué au foot ensemble deux fois, derrière le lycée.

— Est-ce qu'on a su pourquoi il avait fait ça ?

J'écartai les bras :

— Personne n'a rien compris.

— Il se produit des courts-circuits, dans la tête et dans l'âme des gens, que personne ne parviendra jamais à saisir. Si on essaye de les élucider, on devient fou.

Il prit à nouveau ses cigarettes. « Et si tu fumais un peu moins ? » C'était sorti d'un coup d'un seul, je n'en revenais pas d'avoir dit ça. Il me regarda quelques secondes. Puis il remit le paquet et les allumettes dans sa poche.

Nous étions arrivés à un croisement. Mon père s'arrêta pour jeter un œil sur le plan. Il n'y avait personne alentour.

« Par là, dit-il en indiquant une rue sur notre gauche. Nous devrions bientôt être arrivés. »

16

Rue après rue, la ville s'était transformée. Maintenant, nous étions dans une banlieue pratiquement déserte, avec uniquement quelques voitures garées çà et là. Cours pleines de mauvaises herbes et de détritus, puanteurs, édifices condamnés, à l'allure spectrale, HLM apparemment déserts, quelques rares lueurs aux fenêtres, hauts murs à moitié effondrés derrière lesquels on apercevait des bâtiments industriels désaffectés, partout flottait un sentiment de désolation et d'abandon.

Une petite troupe de chiens traversa la rue : leur chef était un berger mâtiné d'autre chose, il conduisait le cortège. Les autres le suivaient à la queue leu leu, disciplinés, dans une espèce de chorégraphie qui me rappela la pochette d'*Abbey Road*. Ils disparurent l'un après l'autre, se glissant dans une ruelle, et s'évanouirent dans l'obscurité. Un instant plus tard, je me demandai si je les avais vraiment vus.

«Tu es sûr que c'est là?» Il m'a montré le plan. Le nom de la rue que nous étions en train de croiser correspondait à celle que Dominique avait indiquée sur le papier.

— Ça doit être par là. Mais c'est vraiment un drôle de quartier, pour un club de jazz.

— Bon, je prends ça! ai-je dit en ramassant par terre une tige de fer rouillée, de celles qui servent pour le béton armé.

Mon père sembla sur le point de me dire quelque chose, du genre: ne fais pas de bêtises, laisse ce truc, puis il dut penser que, vu le contexte, s'armer n'était peut-être pas une aussi mauvaise idée que ça.

Nous avons continué de marcher. Un taxi nous a dépassés et s'est arrêté à une centaine de mètres devant nous. Trois personnes en descendirent et entrèrent quelque part, la voiture s'éloigna rapidement, comme si le conducteur n'avait pas envie de traîner une minute de plus dans le quartier.

— C'est peut-être là, dis-je.

— Je le pense aussi, répondit mon père en s'engageant dans cette direction.

Le portail entrebâillé donnait sur une cour, au fond de laquelle il y avait un bâtiment bas de plafond avec une enseigne vert et violet qui indiquait «En Fusion». J'ai jeté la barre de fer et nous nous sommes approchés. Des voitures étaient garées près du bâtiment.

Devant l'entrée, deux gars étaient postés, l'air peu engageant. Un gros malabar plein de graisse, le visage lisse d'un bouddha vicieux, et son contraire, maigre et sombre, avec des bras musclés qui semblaient des lanières de cuir. Ils avaient tous les deux l'allure de types avec qui on n'a pas envie de se disputer.

Ils nous ont demandé si on avait une invitation. Mon père a répondu que non, nous n'avions pas d'invitation, nous ne savions pas qu'il en fallait une, mais c'était Dominique, de *Chez Papa*, qui nous avait conseillé de venir ici pour écouter de la musique.

Le nom de Dominique fit son effet. Ils échangèrent un regard. Le gros, qui semblait le chef, a hoché la tête. Le maigre nous a fait payer 100 francs chacun, sans nous donner de billets, et il nous a laissés passer.

Le local était vaste, avec peu de lumière et beaucoup de monde. Fenêtres grandes ouvertes, odeurs de fonte, de fumée, d'êtres humains. D'un côté, un bar avec un comptoir en bois et de la sciure par terre ; de l'autre, près d'un mur en briques usées par le temps, une scène sur laquelle, à ce moment précis, montaient les musiciens. Mon père a allumé une cigarette :

— Drôle d'endroit, hein !

— Oui, drôle d'endroit.

— Je boirais bien quelque chose, mais ça serait peut-être mieux si toi, tu...

— Moi aussi, je boirais bien quelque chose. Gastaut a dit de faire tout ce que ferait un garçon de dix-huit ans normal, il faut respecter les prescriptions médicales.

Mon père a levé les mains en signe de reddition.

Au bar, nous avons pris deux cocktails, des *perroquets**– pastis, sirop de menthe verte, eau et glaçons –, le genre de consommation fraîche et agréable qu'on descend comme certaines boissons de l'enfance et qui, un instant plus tard, embrouille les idées et fait trembler les jambes.

J'observai les spectateurs. Tous étaient plus âgés que moi. Il y avait plein de filles, certaines jeunes, certaines belles, certaines avec des jupes ou des pantalons moulants, toutes joyeusement braillardes. Je me demandai ce qui pourrait se produire au cours de cette nuit longue, infinie, que j'avais devant moi, et au cours de toutes les autres nuits de ma nouvelle vie, car à ce moment-là, je pensais que j'allais avoir une nouvelle vie. J'étais tout heureux, je me disais que je me sentais bien et que ce n'était pas si mal, de ne pas dormir, qu'on devrait peut-être apprendre à s'en passer pour toujours, le temps deviendrait beaucoup plus long, plus intéressant.

Les musiciens arrivaient sur scène à tour de rôle. Tous les quarts d'heure, le batteur, le saxophoniste, le bassiste ou le trompettiste changeaient. Tous des hommes, à l'exception d'une fille qui a tenu la batterie un moment, avec un regard halluciné, comme si elle cachait une faute secrète. Seul le pianiste restait à son poste. Il portait une chemise blanche, une cravate noire et un Borsalino gris posé en arrière, qui lui laissait le front dégagé. Avant chaque morceau, il allumait une cigarette, tirait deux ou trois fois bouffées puis la laissait se consumer dans le cendrier, et la fumée dessinait des volutes mortifères devant son visage.

C'était une *jam session*, m'a expliqué mon père :

— C'est quand des musiciens se retrouvent pour jouer sans programme déterminé, parfois sans même se connaître. Ils jouent en alternance, en improvisant sur des standards.

— C'est quoi, un standard ?

— Ah oui, un standard, c'est... comment dire... un morceau de jazz tellement célèbre qu'avec le temps il est devenu un classique, un air que tout le monde joue. On l'aborde comme un thème, une forme, une espèce de grille musicale sur laquelle on improvise.

Une table s'était libérée devant les musiciens, on est allés s'y asseoir. Mon père avait raison. Je croyais n'avoir jamais écouté de jazz. Je veux dire par là : je n'en avais jamais écouté délibérément. Or, entre les dissonances, les solos, les citations, les appels et les réponses, je reconnaissais quelque chose.

Mon père semblait heureux, je ne trouve pas de mot moins banal pour le dire. Quand les musiciens entamaient un nouveau morceau, il me disait le titre et l'auteur. Ensuite il écoutait, concentré, il marquait le rythme, accompagnait d'un mouvement de tête les passages les plus réussis.

Ils étaient quatre à jouer, maintenant. Piano, batterie, contrebasse et trompette. Le batteur avait des cheveux longs et gris rassemblés en chignon, il n'arrêtait pas de regarder autour de lui, comme s'il cherchait quelqu'un qui n'était pas là. Il suait abondamment et se passait de temps en temps une serviette sur le visage. Celui qui jouait de la contrebasse était beau, grand, et il regardait droit devant lui, l'air timide. Il tenait son instrument comme un époux sa femme, sur les photos naguère. Le trompettiste était un Noir d'une cinquantaine d'années, la peau grêlée, le regard empli d'un incurable ennui, il semblait dire : personne ne peut imaginer tout ce que j'ai vu, et je n'ai aucune envie de le raconter. Il était là, mais il n'en avait rien à faire. Il n'avait rien à faire de rien, la seule chose qui comptait, c'était la musique qu'il jouait, les notes qui montaient, langoureuses, déchirantes et hypnotiques. Il fermait les yeux, et les veines de son cou se gonflaient, on aurait dit que sa trompette était en quête d'une idée cachée quelque part dans les airs, comme s'il cherchait une règle secrète, la règle universelle. Mon père tambourinait sur la table de sa main ouverte, tapait du pied sur le sol et regardait les musiciens, à dire vrai, surtout le trompettiste. Un vague sourire flottait sur ses lèvres.

— Je n'y connais rien, ai-je dit à un moment, mais celui qui joue de la trompette me semble le meilleur.

— Tu as raison. Les autres jouent, et même assez bien, mais c'est lui qui a vraiment *l'intention*.

J'allais lui demander ce que ça voulait dire, ce que c'était que *l'intention*, mais mon père a continué sur sa lancée.

«Le morceau s'intitule *So What*, c'est de Miles Davis, un des plus grands génies musicaux de ce siècle. En fait, on peut enlever "de ce siècle", c'est un des plus grands génies musicaux de tous les temps. Il a changé l'histoire de la musique.»

À ce moment précis – ou peut-être un peu après, mais la mémoire a tendance à ajuster les souvenirs pour leur donner plus de sens et d'ordre qu'en avaient les faits auxquels ils renvoient –, un homme monta sur scène et s'approcha du pianiste. Il lui murmura quelque chose à l'oreille et, après avoir ramassé son verre posé par terre, le pianiste s'excusa auprès des autres musiciens, s'inclina rapidement pour saluer le public, baissa le chapeau sur son front et s'éloigna, accompagné de quelques applaudissements. Les autres cessèrent de jouer pendant que le gars qui avait parlé au pianiste s'adressait aux spectateurs, à nous, pour demander si quelqu'un voulait s'asseoir au piano. Personne ne s'avança, alors il répéta son invitation à deux ou trois reprises, sans succès.

Mon père s'agita sur sa chaise et changea de position, comme s'il avait eu envie de se lever et qu'il avait changé d'avis et s'était dit: ne fais pas de bêtises, professeur, laisse tomber!

— Tu veux y aller? lui ai-je dit à voix basse.

— Non, non, il ne vaut mieux pas.

— Pourquoi, il ne vaut mieux pas? Je veux dire: si tu en es capable, pourquoi tu n'y vas pas?

— Il ne vaut mieux pas, a-t-il répété les yeux fixés sur la scène, sur le tabouret vide du piano.

— Allez, vas-y ! et, sans même me rendre compte de ce que je disais, j'ai ajouté : ça me ferait plaisir de t'entendre jouer.

Il s'est tourné lentement vers moi, m'a regardé droit dans les yeux, pour être certain d'avoir bien compris. Et il a acquiescé, s'est levé et a fait un signe de la main pour attirer l'attention du gars sur la scène.

Pendant qu'il marchait vers le piano, la peur m'a saisi : et s'il n'était pas à la hauteur ? Dans sa jeunesse, il jouait dans les mariages et les fêtes estudiantines, aujourd'hui il s'exerçait de temps à autre sur des pianos d'emprunt, en somme, il était tout au plus un amateur, et je venais peut-être de l'envoyer au casse-pipe devant des Français inconnus qui n'auraient aucun scrupule à le siffler et à nous humilier.

Je me demandais : pourquoi ne me suis-je pas tu ? J'ai aspiré avec ma paille la glace fondue qui restait encore au fond de mon verre, j'avais la sensation que quelque chose d'irréparable allait se produire.

Mon père s'est assis et relevé aussitôt, il a réglé le tabouret en tournant les manettes, essayé deux accords, étiré les muscles de son cou et plaqué encore quelques accords en fixant le clavier. Puis il a levé la tête et regardé, l'un après l'autre, chacun des musiciens.

— *So What, ça va** ? a demandé le trompettiste.

— *Ça va**, a répondu mon père, et ils ont commencé à jouer, sans ajouter un mot.

Au début, il était circonspect. Je ne connaissais pas grand-chose à la musique, et encore moins à cette musique-là, mais j'avais l'impression qu'il ne jouait pas toutes les notes, qu'il était un peu crispé, et qu'il procédait par tentatives successives, à la recherche du point de syntonie, du point d'entrée.

Et, petit à petit, les touches ont eu l'air de se libérer, les sons du piano gagnaient en plénitude et en richesse, et il a commencé à dialoguer avec les autres musiciens, comme lorsqu'on entre poliment dans une conversation déjà entamée.

J'observais chacun de ses gestes presque avec fébrilité : il était tellement loin de l'image que j'avais de lui, il était tellement mystérieux ! Par moments il fermait les yeux, parfois il se balançait d'avant en arrière. Ses mains étaient agiles et rapides, leur mouvement communiquait le sentiment de quelque chose d'essentiel, de très beau, comme une métaphore bien réussie, un idéal de style, une manière d'être au monde.

Ils jouaient depuis une dizaine de minutes et le trompettiste était au milieu d'un solo quand, sur un côté de la scène, le pianiste au Borsalino est réapparu. Il est resté un moment à écouter, en souriant. Mon père l'a aperçu et lui a fait un signe de tête comme pour dire : OK, je t'ai vu, je te laisse la place. L'autre a répondu avec un geste qui semblait dire : continue donc à jouer ! Mon père a souri. Le trompettiste s'en est aperçu – il n'était donc pas aussi absent que ça –, il a lancé une série de notes conclusives et s'est tourné vers mon père pour lui laisser le champ libre. « Vas-y, c'est ton tour ! », disait la rotation discrète mais appuyée que le Noir à la peau grêlée effectuait de son corps, de sa tête et de sa trompette : un signe de respect à l'égard du pianiste amateur qui avait eu le courage de monter sur scène et de jouer avec eux.

Mon père a joué seul. Je ne l'aurais jamais avoué, y compris à moi-même, mais j'étais plein d'orgueil et fier de lui, j'aurais voulu dire à tous ceux qui étaient autour de moi que ce grand monsieur maigre à l'aspect élégant assis au piano, qui faisait beaucoup moins que ses cinquante et un ans, était mon père.

Quand il a terminé, concluant son morceau par deux gammes mélancoliques, des applaudissements chargés de sympathie ont éclaté. J'ai applaudi moi aussi, et j'ai continué jusqu'à ce que je sois certain qu'il m'ait vu, parce que je commençais à comprendre que les équivoques existaient, et je ne voulais pas qu'il y en ait à ce moment-là.

Au cours des années qui ont suivi, j'ai écouté beaucoup de jazz, sous ses différentes formes et manifestations. J'ai assimilé des concepts que j'ignorais totalement lors de cette nuit à Marseille, variations, paraphrases, dissonances, cluster, chromatismes, *interplay*, improvisation modale, free-jazz. Mais tout ce que je sais vraiment du jazz, je l'ai appris peu ou prou cette nuit-là.

17

Nous avons décidé de rentrer à pied, comme nous étions venus. Nous aurions pu appeler un taxi, mais nous nous sommes dit que, pour faire passer le temps, mieux valait marcher que prendre la voiture.

— Faire passer le temps, quelle expression idiote ! Le temps y pense tout seul, à passer, il n'a nullement besoin d'aide, a dit mon père.

— Parfois, je m'arrête sur des phrases toutes faites, et je me demande d'où elles viennent. Certaines sont vraiment absurdes. Tiens, par exemple, « être Gros-Jean comme devant ». Mais ça vient d'où, ce truc ?

— C'est une plaisanterie, je crois que ça vient d'une fable, mais je ne sais plus laquelle.

— C'est une expression que j'ai toujours détestée. Peut-être parce que j'avais une prof au collège que je ne pouvais pas supporter et qui n'arrêtait pas de la répéter.

J'aperçus la tige de fer que j'avais jetée par terre à notre arrivée et, après quelques secondes d'hésitation, je l'ai ramassée. «On ne sait jamais, par sécurité.» Comme à l'aller, mon père n'a rien dit. Mais cette fois, il n'a pas même pris une seconde pour réfléchir.

— À propos de plaisanterie, j'en ai lu une bonne sur le thème du passage du temps, a-t-il dit en flanquant un coup de pied dans une bouteille en plastique.

— C'est quoi?

— Il s'est fait tard très tôt.

J'eus un petit rire, mais je n'étais pas d'âge à apprécier pleinement la redoutable justesse et la vérité de cette courte phrase.

— Je n'aurais jamais imaginé que tu pouvais jouer comme ça, lui ai-je dit deux pâtés de maisons plus loin.

— J'avais sacrément les jetons, quand je suis allé m'asseoir. Heureusement, ça ne s'est pas mal passé. C'était un de mes morceaux préférés.

— Je ne pensais pas que le jazz me plairait.

— Et alors?

— Eh bien si. Même si je ne saurais pas expliquer pourquoi.

— La beauté du jazz tient à l'imperfection. L'imperfection dans le sens étymologique du terme.

— C'est-à-dire?

— « Parfait » vient du latin *perficere*, « accomplir ». L'imparfait, étymologiquement, c'est l'inaccompli. L'inaccompli distingue le jazz de tous les autres genres musicaux. Dans la musique classique, par exemple, la partition contient toutes les notes qu'il faut jouer. L'interprète la lit et joue les notes qui sont écrites, pas une de moins, pas une de plus. L'interprétation tient entièrement dans les façons, très différentes entre elles, qu'il y a de jouer exactement les notes du compositeur. Dans le jazz, la partition n'est qu'un point de départ.

— C'est ce que tu m'expliquais tout à l'heure à propos des standards ? Il y a une grille, à partir de laquelle les musiciens improvisent ?

— Exactement. On part du standard, c'est-à-dire des notes écrites sur la partition, pour aller en quête d'autres choses qu'on ne connaît pas avant de commencer. Le musicien est en même temps le compositeur et l'exécutant du morceau qu'il interprète.

— Tu as dit que celui qui jouait de la trompette avait *l'intention*. Qu'est-ce que ça signifie ?

Il a allumé une cigarette et ralenti un peu le rythme de sa marche, comme pour mieux se concentrer, rassembler ses idées.

« Eh bien, on pourrait appliquer à ce concept les paroles de saint Augustin sur le temps : si personne ne me le demande, je sais ce que c'est, si je veux l'expliquer à qui me le demande, je ne sais plus. »

Sa cigarette finie, il a repris :

— On pourrait dire ça comme ça : l'intention, c'est là qu'on veut arriver en jouant un morceau. Pour être plus précis, c'est là qu'on veut arriver, mais c'est aussi comment on veut y arriver. C'est la destination, mais aussi le chemin. Et il peut y avoir plusieurs genres d'intentions : sérieuse, dramatique, vive, frivole ou spirituelle. Je serais incapable de mieux t'expliquer.

— Le trompettiste avait l'air très sérieux.

— Oui, il était très sérieux.

Nous avons croisé un type en pyjama qui tenait en laisse un gros molosse. L'homme et le chien nous regardèrent avec méfiance : à l'évidence, nous n'étions pas du coin, alors que faisions-nous dans les parages au beau milieu de la nuit ? Je consultai ma montre et me demandai si c'était la dernière promenade du chien de la soirée, ou la première de la matinée – histoire de rester dans la thématique du temps.

— Comment te sens-tu ? me demanda mon père après deux autres pâtés de maisons.

— Très bien. Et toi ?

— Moi aussi, ça va. Je ne me sens pas du tout fatigué.

Il était deux heures quarante, nous marchions d'un bon pas, tous deux éveillés et de bonne humeur. Nous commencions en quelque sorte à percer les mystères de cette ville où nous nous déplacions depuis de nombreuses heures déjà. J'avais l'impression d'en saisir les espaces cachés et les vies secrètes, j'apercevais des fenêtres où des ombres passaient un instant avant de disparaître à jamais. Dans les lignes interrompues de ces vies, je lisais le chiffre secret de ma vie présente et, surtout, de ma vie future.

Mon père avait le regard légèrement voilé et une expression à la fois concentrée et légère.

— Qu'est-ce qui se passe, on est perdus ?

— J'ai l'impression.

— On vérifie sur le plan ?

— Quelle importance ? On n'a aucune obligation, pas vrai ? répondit-il avec un soupçon de joyeuse folie dans la voix.

Je l'ai regardé un instant, pour savoir s'il parlait sérieusement. J'en ai conclu qu'il ne parlait pas sérieusement, mais qu'il ne plaisantait pas non plus.

« Quelqu'un a dit que ne pas savoir s'orienter dans une ville ne signifie pas grand-chose, alors que se perdre dans une ville comme on se perd dans une forêt, ça, c'est quelque chose qui s'apprend. »

Nous avons donc cherché à apprendre à nous perdre. Bientôt, une légère fièvre s'est emparée de nous : nous découvrions de nouvelles manières de penser, nous remarquions des choses – à l'intérieur comme à l'extérieur de nous – dont nous n'aurions jamais pris conscience autrement.

— Parfois, je me demande ce que ça veut vraiment dire, être libres, ai-je dit de but en blanc.

— Je crois que la liberté n'existe pas sans un certain degré de risque, d'insécurité. La liberté, c'est un équilibre précaire, c'est n'être jamais tout à fait à sa place.

— J'aime bien cette idée : ne jamais être tout à fait à sa place.

— C'est ce que nous disions, ta mère et moi, il y a des années de cela.

Des minutes s'écoulèrent, au cours desquelles on n'entendit rien d'autre que le léger sifflement de sa respiration de fumeur, le bruit ouaté et sporadique de quelques voitures qui passaient et disparaissaient, et l'écho de nos pas.

— On dirait que là-bas il y a un bar ouvert, ai-je dit, apercevant une enseigne lumineuse au loin.

— Allons donc prendre un café.

— OK.

— Mais laisse ça dehors, par contre, dit-il, en montrant la tige de fer que je portais avec naturel, comme une arme de service. En cas de controverse, mieux vaudra compter sur nos talents de dialecticiens.

18

Le local n'était guère accueillant. Lumière froide et crue, aux murs, des posters de footballeurs de l'Olympique de Marseille, de l'équipe de France de football et d'hommes en survêtements et gants de boxe qui s'échangeaient des coups de pied à la figure. « *Savate, championnat national français 1981** », était-il indiqué, ou quelque chose comme ça. Près des posters, sur une étagère en hauteur, quelques coupes étaient exposées.

Derrière le comptoir crasseux, vieux bois et revêtement de marbre, se tenait un homme de l'âge de mon père, qui semblait un personnage d'Hanna-Barbera en version bas-fond, un Pierrafeu un peu sinistre avec une barbe de deux jours. Sur un côté du bar il y avait quelques tables métalliques qui avaient dû être bleues.

À l'une d'entre elles étaient assis trois types, devant de petits verres remplis d'un liquide ambré. Ils fumaient de grosses cigarettes sans filtre et discutaient avec animation, en parlant fort. En nous voyant, ils se sont tus quelques secondes. Mon père a demandé au patron si nous pouvions nous asseoir, l'homme a fait oui de la tête et, se forçant visiblement à être poli, il a eu aussi un geste de la main pour nous indiquer une des tables libres.

Nous avons commandé deux cafés. Le patron a demandé si nous les voulions arrosés avec du pastis. Mon père a réfléchi une seconde et déclaré qu'il ne valait mieux pas. Il a ajouté que nous devions rester éveillés. Pour quelque raison mystérieuse, sa réponse a plu à Pierrafeu, il a presque esquissé un sourire.

— Papa, j'y pensais, justement : c'est moi qui dois rester éveillé. Pourquoi n'allons-nous pas à l'hôtel pour que tu dormes un peu ? Pendant ce temps, je lirai, je me sens très bien.

— Non. Si je ne te surveille pas, tu pourrais t'endormir aussi, et nous devrions tout reprendre à zéro.

J'allais lui répondre, mais il a continué :

« De toute façon, je n'ai pas sommeil. J'aime bien rester éveillé. J'ai toujours vécu le sommeil comme une obligation : être autorisé à m'en passer me donne une sensation de liberté. »

Il n'y avait pas grand-chose à ajouter, j'ai changé de sujet :

— Il faut décider ce que nous allons faire demain, c'est-à-dire aujourd'hui, dans quelques heures.

— Quelle heure est-il ?

— Trois heures et quart.

Le barman nous a apporté nos cafés et nous a demandé si nous étions italiens. Nous lui avons répondu oui et il est devenu tout de suite plus sympathique. Il nous a expliqué que son grand-père était de Sorrente, que lui s'appelait Gérard Iaccarino et que, bien que né à Marseille et n'étant jamais allé dans notre pays, il se sentait à moitié italien. Il parlait un mélange de langues que j'arrivais à comprendre moi aussi.

L'année précédente, lors de la finale de la Coupe du monde, il avait soutenu l'Italie, après que l'Allemagne avait volé le match à la France aux penalties. D'après lui, le meilleur joueur italien n'était pas Paolo Rossi mais Claudio Gentile, et l'Italie avait gagné la compétition parce qu'elle avait la meilleure défense du monde.

« Et ce sport, qu'est-ce que c'est ? », demandai-je en indiquant les posters avec les gars en gants qui se donnaient des coups de pied en plein visage. La savate, répondit-il. Un sport né à Marseille. C'était comme la boxe, mais on pouvait aussi utiliser les jambes. Un des athlètes sur l'affiche était son fils, vice-champion de France en 1981.

Quatre jeunes hommes entrèrent, ils avaient l'air agité et parlaient tous en même temps, comme s'il venait de se produire un événement à propos duquel ils avaient des opinions très divergentes. M. Iaccarino a regagné son poste derrière le comptoir.

Je ne sais plus comment mon père et moi en sommes arrivés à parler sexe, mais à un moment donné, je lui ai demandé si je pouvais lui poser une question personnelle.

— Je t'en prie.

— C'est *très* personnel.

— Si c'est *trop* personnel, je te dirai que je n'ai pas envie de répondre.

Sa précision me plut. Sauf que, du coup, je devais la poser, la question très personnelle. Et la dire à voix haute n'était pas facile :

« Je me demandais… je voulais te demander quel âge tu avais quand tu es allé avec une fille, pour la première fois. » Il prit une longue respiration. Il laissa passer une dizaine de secondes, peut-être plus. « J'avais dix-neuf ans », finit-il par dire. Il avait l'expression de quelqu'un qui a terminé de répondre. Nous sommes restés silencieux un moment.

Je n'avais jamais abordé ce sujet avec mes amis. Certains, comme moi, n'étaient jamais allés avec une fille, au sens de faire l'amour. D'autres l'avaient fait, mais j'avais honte de leur demander comment c'était, comment on devait faire, et tout le reste. Je craignais de passer pour un minable, je craignais qu'ils se moquent de moi, je craignais qu'ils puissent parler de moi comme d'un raté pathétique qui, à bientôt dix-huit ans, n'était encore jamais allé avec une fille, posait des questions sordides et se masturbait comme à treize ans.

Après un calcul rapide, je me suis rendu compte que si cela s'était produit quand mon père avait dix-neuf ans, ce n'était pas avec ma mère. Voilà qui rendait la conversation moins difficile.

Il reprit, comme s'il avait remis de l'ordre dans ses idées : « Presque tous mes amis étaient déjà allés avec une femme, j'étais parmi les derniers à ne pas avoir fait cette expérience. »

Je n'aurais jamais imaginé qu'à l'époque de mon père tant de garçons avaient déjà eu leur première fois à dix-neuf ans. Il y a tellement de lieux communs ! On croit toujours qu'au temps de nos parents la plupart des gens ne connaissaient vraiment le sexe qu'avec l'expérience du mariage – que tout était moins libre, quoi.

« Vous avez eu... une histoire ensemble ? Elle avait ton âge ? »

Il esquissa un sourire. Je me suis dit qu'il allait prendre son paquet de cigarettes et en allumer une, mais il n'en fit rien.

« Ce n'était pas aussi facile, à l'époque, pour... pour les filles, d'avoir des rapports sexuels complets avant le mariage. Pour les garçons, c'était différent : il y avait les maisons de tolérance... les maisons closes. »

C'était une évidence, pourtant j'étais à des années-lumière d'y avoir pensé. Que mon père ait pu fréquenter des prostituées me semblait inconcevable. À vrai dire, je n'arrivais toujours pas à l'imaginer, même après ce qu'il venait de dire. La possibilité, ne serait-ce que purement linguistique, de mettre le mot « prostituée » à côté de celui de mon père était absurde.

« Ça te met mal à l'aise ? »

J'ai été sur le point de mentir, mais je me suis dit que ce serait un manque de respect, un retour en arrière par rapport au point inattendu où nous étions arrivés :

— Un peu. Pour être franc, je ne m'y attendais pas.

— Je sais. Moi aussi, à ta place, ça me mettrait mal à l'aise. J'ai été longtemps gêné d'avoir fait une chose pareille. Avant que ça se produise, je me disais que cela ne m'arriverait jamais, et après, je me suis longuement demandé comment cela avait été possible.

— Mais comment ça marchait ? Je veux dire, on allait seul dans un de ces endroits, on frappait, on entrait, et qu'est-ce qu'on disait ? Je n'aurais jamais eu le courage. Je crois que je n'aurais jamais le courage.

— Moi non plus, je ne l'aurais pas eu. Ce sont des amis qui m'y ont entraîné. Ils m'ont dit que c'était normal et même indispensable, que j'apprendrais des choses et que je ne courrais pas le risque de faire piètre figure le jour où j'irais avec une femme qui ne serait pas payante.

Le silence tomba. La suite logique aurait été de me raconter l'épisode. Mais peut-être n'étions-nous pas prêts à franchir le pas. Peut-être ne serions-nous jamais prêts.

— Comment était... enfin elle, comment...

— Normale. Un peu grosse, mais normale. Elle ressemblait à la concierge de l'immeuble à côté du mien. Elle lui ressemblait tellement qu'un instant j'ai cru que c'était vraiment elle. Le tout a duré trois ou quatre minutes.

À ce moment-là, il a allumé une cigarette et, après deux ou trois bouffées, ses traits se sont un peu détendus :

« J'ai souvent pensé que, si j'avais pu retourner en arrière, je ne serais jamais allé dans ce bordel. Pendant longtemps, j'ai été tourmenté par la nostalgie de cette première fois que je n'ai jamais eue, ce moment dont j'aurais pu me souvenir avec tendresse et non avec honte. C'est très fréquent, de ne pas se rendre compte que les choses que nous faisons pour la première fois sont des points de non-retour, que ce soit en bien et, surtout, en mal. Si elles sont ratées, personne ne nous les rendra jamais. »

Il a fini son café et continué de fumer :

— Tu sais, je n'aurais jamais imaginé raconter cette histoire un jour. Encore moins à mon fils.

— Tu ne l'as jamais dit à maman ?

— Quelques mois après nous être fiancés, la première fois, je veux dire, la discussion est tombée sur les maisons closes. Il y avait un grand débat, au Parlement et dans le pays, sur la possibilité de les interdire, ce qui s'est produit après, en 1958, je crois. Ta mère a exprimé tout son mépris pour les bordels, pour ceux qui les géraient et, surtout, pour ceux qui les fréquentaient.

— J'imagine très bien ! ai-je dit en riant.

— Elle s'est exclamée qu'un homme qui va avec une prostituée est un minable ou un abruti. Ou les deux. J'ai essayé de répliquer que c'était un peu simpliste et péremptoire... j'ai dit que pendant des générations un tas d'hommes avaient fait leur apprentissage sexuel, pour l'appeler ainsi, avec une femme plus âgée. C'était parfois une gouvernante ou, justement, une prostituée. Est-ce que cela signifiait qu'ils étaient tous, génération après génération, des minables ou des abrutis ? Ou des minables *et* des abrutis ?

— Et alors ?

— Évidemment, il n'y a pas eu moyen je ne dis pas de la convaincre, mais même d'assouplir un peu sa position. Tu sais mieux que moi combien elle peut être draconienne dans ses jugements. À la fin de notre conversation, je lui ai dit, comme d'habitude, qu'elle était libre de penser ce qu'elle voulait, mais qu'il me semblait qu'elle était quand même trop radicale, que des nuances étaient nécessaires, et que moi non plus je n'aimais pas l'idée que le corps des femmes soit traité comme une marchandise, mais que je ne partageais pas son extrémisme – ou quelque chose comme ça. Bref, j'ai tenté de défendre ma position, néanmoins j'étais pressé de changer de sujet. Je crois que, de toute façon, je ne lui aurais jamais raconté mon expérience. Cette conversation a fermé pour toujours toute possibilité d'aborder le sujet avec elle.

Je comprenais ce qu'il voulait dire. Sur ces questions surtout, ma mère n'était pas portée à la nuance, et elle pouvait être très tranchante. Je le savais bien, et pourtant la manière dont mon père me racontait cette histoire me donnait un nouvel aperçu non seulement sur lui, mais sur lui et elle, sur l'équilibre, ou le déséquilibre, de leur relation, et sur les rapports de force qui les animaient.

— Antonio ?

— Oui ?

— Ne lui raconte pas cette histoire, je ne veux pas qu'elle sache.

— Je ne le ferai jamais.

— Je sais, mais j'avais quand même envie de te le dire.

Si une semaine avant – et même deux jours avant – quelqu'un m'avait dit que mon père avait fréquenté une prostituée, j'aurais été dégoûté. Et pourtant, à cet instant-là, j'étais incapable de déchiffrer mes propres sentiments face à cette révélation. J'éprouvais un mélange de stupeur et de curiosité, avec quelque chose qui ressemblait à de la tendresse.

J'étais très troublé. Mon père ne disait plus rien. J'ai compris qu'il s'attendait à ce que je retourne la confidence et que je lui parle de moi :

— Je ne suis jamais allé avec une fille, je veux dire je n'ai jamais eu un rapport complet. Parfois, je me dis que ça ne m'arrivera jamais.

— Cela t'arrivera vite, et alors tes inquiétudes d'aujourd'hui te sembleront bien étranges.

Il alluma une cigarette :

— Tu as déjà fumé ?

— Je n'ai jamais touché une cigarette. Et toi, quand est-ce que tu as commencé ?

— Tout gosses, on fumait déjà, on achetait des cigarettes à l'unité.

— Comment ça ?

— On n'était pas obligés d'acheter un paquet. On pouvait aller chez le buraliste et demander, par exemple, cinq cigarettes, et il les mettait dans un sachet en papier blanc très fin. Cela a duré jusqu'aux années soixante, ensuite les cigarettes à l'unité ont été interdites parce qu'on disait qu'elles favorisaient le tabagisme chez les jeunes. Ce qui était effectivement vrai.

— Tu n'as jamais essayé d'arrêter ?

Il a souri et ignoré ma question. Il pensait à autre chose.

« Aucune femme ne m'a jamais vraiment plu, après ta mère », a-t-il dit, comme s'il reprenait un discours interrompu depuis longtemps.

19

Un jour, j'avais entendu mes parents parler d'un de leurs collègues, professeur d'université, quelqu'un d'important, le président ou le directeur d'un département, qui avait quitté sa femme pour une étudiante.

Vous savez, c'était une de ces circonstances où les adultes parlent entre eux, persuadés que les enfants ne les entendent pas ou que, s'ils les entendent, ils ne comprennent pas ce dont ils parlent. Dans notre enfance, il nous est arrivé à tous d'écouter au moins une conversation de ce genre. Nous devrions donc savoir comment ça se passe. Mais, une fois adultes, nous oublions, nous imaginons que les enfants sont sourds ou idiots, et nous les laissons entendre, comprendre ou interpréter des propos que nous n'aurions jamais voulu qu'ils entendent, comprennent, ou encore moins qu'ils interprètent.

Cette conversation entre mes parents me fit une très forte impression : un homme de cinquante ans, donc nettement plus âgé que mon père à l'époque, s'était mis en couple avec une fille de vingt-cinq ans.

Je connaissais ce professeur, il était venu dîner chez nous plus d'une fois avec sa femme. C'était un petit rondouillard plein de suffisance, avec une barbichette poivre et sel et des lunettes à la monture très fine, détail, je ne sais pourquoi, qui me paraissait particulièrement désagréable. Si j'avais dû le classer dans une tranche d'âge, j'aurais dit, de mon point de vue d'écolier, que c'était presque un vieux, plus proche de la catégorie des grands-parents que de celle des parents.

Je crus comprendre, de cette conversation que j'écoutais en faisant semblant de lire un album de Spider-Man, que le cœur du problème était moins la séparation ou le divorce, ça pouvait arriver, que le fait pour un professeur d'université de se mettre en couple avec une de ses étudiantes. Ce n'était pas la première fois et ce ne serait pas la dernière, ajouta ma mère d'un ton sans appel.

Cette idée est restée gravée en moi, comme une sorte de révélation sur la façon dont va le monde : les hommes plus que mûrs, disons presque vieux, et en particulier les professeurs d'université, quittent leurs femmes pour se mettre en couple avec leurs étudiantes, ce qui est très répréhensible et arrive malheureusement avec une certaine fréquence.

Deux ans plus tard, à peine plus, mon père s'en alla. Tout se déroula de manière très civile : ma mère et mon père me convoquèrent dans la salle à manger et m'expliquèrent que, parfois, il arrive qu'un mari et une femme, même s'ils s'aiment, éprouvent le besoin de faire une pause pour rester seuls et réfléchir.

« Mais ça veut dire que vous *divorcez* ? », ai-je demandé en essayant de dominer ma panique lorsque s'interrompit le flot de paroles avec lequel ils comblaient le silence de cet après-midi d'octobre.

Le mot « divorce » m'avait toujours paru mystérieux et un peu inquiétant. Exotique. Une chose qui concerne les autres, l'ailleurs.

Ils secouèrent la tête presque à l'unisson et s'embarquèrent dans un exposé subtil, et alors incompréhensible pour moi, sur les différences entre « divorce » et « séparation ». Ils ne divorçaient pas, ils faisaient simplement une pause. Voilà. Disons qu'il s'agissait d'une séparation temporaire visant à surmonter certaines difficultés. Mais je ne devais pas m'inquiéter. Pour moi, rien ne changerait. Mon père irait habiter autre part pendant quelque temps, et moi, je continuerais à habiter ici avec ma mère. Je serais libre d'aller chez lui quand je le voudrais. Je serais libre de vivre avec l'un ou avec l'autre, selon ce que je souhaitais, et ainsi de suite. Je serais libre, c'était ça.

Les différences substantielles et juridiques entre le divorce, la séparation et la pause de réflexion m'échappèrent.

En revanche, ce qui ne m'échappa pas du tout, c'est que ma mère et mon père m'avaient débité un tas de mensonges : ce n'était pas vrai, que rien n'allait changer, et, dans les faits, mon père quittait notre domicile, exactement comme son collègue à la barbichette poivre et sel avec l'odieuse monture de lunettes.

Il quittait ma mère, et moi avec, pour une étudiante de vingt ans à peine. Bien que ne disposant d'aucun élément concret pour le penser, j'en fus persuadé au moment même où s'acheva le discours de la salle à manger. Pour être plus précis, leur silence sur un motif spécifique qui aurait justifié cette pause de réflexion m'avait convaincu que ce motif spécifique existait, et qu'ils ne voulaient pas me le révéler. Et ils ne voulaient pas me le révéler parce que c'était quelque chose d'indigne, pour ne pas dire de honteux.

C'est ainsi que je commençai à nourrir une sourde hostilité à l'égard de mon père – et de ma mère aussi, mais pour des raisons différentes et complémentaires.

Lui avait fait quelque chose d'incorrect et d'immoral. Elle, quelque chose de déplacé et d'exaspérant : elle s'était comportée de manière beaucoup trop civile et complaisante. Il partait, en accomplissant un geste qu'elle-même avait considéré naguère comme inadmissible, comment pouvait-elle être aussi sereine, aussi accommodante ? Elle devait se mettre en colère ! Il fallait qu'il paye, il fallait qu'il sente combien son comportement était injuste.

Au cours des semaines, des mois, et des années qui suivirent, jamais le moindre doute ne m'effleura. Pas une seconde je n'ai imaginé que mon interprétation soit la fantaisie d'un enfant furieux et malheureux de voir sa famille se dissoudre.

Et j'ai ensuite considéré comme accessoire de ne jamais trouver dans le petit appartement de mon père aucun indice je ne dis pas de la présence, mais simplement du passage d'une autre femme. Au contraire, me disais-je avec une conviction fanatique, cette absence était le signe évident des précautions qu'ils déployaient pour ne pas être surpris.

Avec l'adolescence et ce qui m'est arrivé, j'ai arrêté de penser à la jeune fiancée fantôme de mon père, mais mon hostilité ne s'est pas évanouie. J'ai simplement cessé d'en être conscient. C'est devenu une rancœur à faible intensité, un bruit de fond de ma conscience, ce qu'on découvre brusquement quand tout s'arrête d'un coup et laisse la place à un son différent.

« Aucune femme ne m'a jamais vraiment plu, après ta mère. » La phrase qu'avait dite mon père cette nuit-là, dans ce bar, dans une zone indéfinissable d'une ville inconnue, ne correspondait en rien à ce que j'avais toujours imaginé de la séparation de mes parents.

20

Nous sommes sortis du bar vers quatre heures et demie, après avoir dégusté des croissants chauds pleins de beurre qui venaient d'être cuits dans une boulangerie voisine.

M. Iaccarino nous a expliqué où nous étions et quelle direction prendre pour rentrer à l'hôtel. S'il se demandait comment et pourquoi nous avions atterri dans ce quartier, il n'en laissa rien paraître. Il nous a indiqué le chemin, si j'avais écouté mon instinct, je me serais dirigé exactement en sens inverse, et il a précisé qu'à pied nous en avions pour trois bons quarts d'heure. M. Iaccarino a ajouté qu'il pouvait essayer d'appeler un taxi, si nous voulions, mais qu'il n'était pas certain qu'il accepte de venir ici.

Nous avons répondu que non merci, ça ne nous dérangeait pas de marcher, et nous l'avons salué avant de nous mettre en route.

Dehors l'air était frais, presque piquant. De loin en loin, lorsque nous passions devant les portes entrouvertes des vieux immeubles, des remugles de moisi, d'humidité et d'urine nous saisissaient.

— Je remarque que tu ne marches pas sur les plaques d'égout, a dit soudain mon père. Il souriait dans la pénombre.

— Pardon ?

— Tu évites les plaques d'égout. Dans ma jeunesse, moi aussi je faisais ça quand j'avais un examen. Depuis chez moi jusqu'à la fac.

Il avait raison. C'était une habitude que j'avais prise quelques années plus tôt, je ne sais pas pourquoi. Je le faisais machinalement. J'imaginais que c'était une bizarrerie personnelle et secrète, un de ces nombreux trucs qui me distinguaient des autres.

— Et pourquoi faisais-tu ça ? ai-je demandé.

— Pour la même raison que toi, une petite superstition personnelle. Tout le monde en a. Il y a ceux qui, comme nous, évitent les bouches d'égout, ceux qui mettent le pied dessus délibérément, en faisant attention de ne pas toucher les bords, ceux qui évitent les bordures de trottoirs, ceux qui prennent les passages piétons en ne marchant que sur la partie du goudron qui n'est pas peinte, et ainsi de suite.

— Et donc, toi, quand tu allais passer un examen…

— J'évitais les plaques d'égout. Parfois, je me disais que c'était un comportement absurde, une superstition, pis encore que les chats noirs, les bonnes sœurs ou le sel renversé sur la table. J'estimais que c'était un truc indigne d'un esprit rationnel et mathématique comme le mien. Et pourtant, pendant quatre ans, je n'ai jamais posé le pied sur une bouche d'égout entre chez moi et l'université, les jours d'examens : j'étais trop inquiet à l'idée qu'il puisse se passer quelque chose de désagréable, je ne voulais pas prendre de risque. Les anthropologues appellent ça « la pensée magique ».

— La pensée magique ?

— Oui. C'est le mécanisme mental qui nous fait voir des significations là où il n'y en a pas, qui fait imaginer des rapports de cause à effet inexistants, et nous persuade que nous influençons la réalité à travers nos pensées, ou à travers des actes symboliques ou rituels. La pensée magique est le principe sur lequel se fonde la croyance dans le mauvais œil ou les porte-bonheur. Je ne sais pas si j'ai été clair.

— Si, j'ai compris. Si je ne passe pas sous une échelle, c'est parce que je crois que ça pourrait provoquer une catastrophe, mais entre passer sous l'échelle et l'éventuelle catastrophe qui pourrait en découler, il n'y a aucun rapport de cause à effet, à part dans mon imagination. C'est tout dans ma tête.

— Bravo ! Nous sommes tous concernés par la superstition. Il y a une jolie anecdote sur Niels Bohr, un des plus grands scientifiques de tous les temps. On dit qu'au-dessus de la porte d'entrée de sa maison de campagne il avait accroché un fer à cheval. Un jour, un étudiant qui était venu le voir a remarqué cet objet avec stupéfaction : « Mais professeur, vous croyez vraiment qu'un fer à cheval devant chez soi ça porte bonheur ? » Ce à quoi Bohr a répondu : « Non, bien sûr que je n'y crois pas, mais il paraît que ça marche quand même. »

Mon père avait l'air heureux de pouvoir me raconter des anecdotes et m'expliquer des choses. Il avait surtout l'air heureux que je lui permette de le faire. Ça ne nous était pas arrivé depuis mon enfance.

Le ciel commençait à s'éclaircir, les rues à se peupler. Il y avait des gens qui couraient, des ouvriers au visage ensommeillé, la musette de leur casse-croûte sur l'épaule, les livreurs apportaient le pain, les balayeurs étaient déjà au travail, les policiers, les infirmières. Et il y avait les survivants de la nuit, fuyant vers leurs refuges, avant que la lumière du jour ne les réduise en cendres. En passant près de nous, l'un d'eux a craché. Il nous a adressé un sourire indéchiffrable.

Mon père et moi ne parlions plus. Nous marchions d'un bon pas depuis une dizaine de minutes quand je fus soudain saisi d'une sensation étrange et vertigineuse que je n'avais jamais éprouvée, et que j'éprouverais rarement ensuite : j'ai *senti* que je faisais partie d'une multitude que je pouvais contempler, comme du haut d'une tour.

Avec l'avancée de l'aube, de plus en plus de gens parcouraient les rues, ruelles, avenues, cours et places : ils se rapprochaient, se séparaient, dessinaient des formes dans un mouvement continu, comme certains vols d'oiseaux. Tous ensemble, mon père, moi, les balayeurs, les ouvriers, les voyous, les policiers, les infirmières, les criminels, les livreurs, les désespérés, nous formions un seul, unique et gigantesque organisme, dont j'étais le seul à avoir conscience.

Quand nous sommes arrivés à l'hôtel, il faisait jour. Le portier nous a informés que l'ascenseur était en panne, et que quelqu'un viendrait le réparer vers sept heures et demie. Notre chambre était au quatrième étage.

Nous sommes montés à pied. En atteignant notre palier, mon père était tellement essoufflé qu'un instant j'ai pris peur. Puis cela passa.

« Maintenant, il faut faire attention », a-t-il dit en ouvrant grand les fenêtres qui donnaient sur des immeubles. Les premiers rayons du soleil les teintaient de rose.

— Attention à quoi ?

— Il faut nous reposer un peu, mais pas nous endormir. Va prendre une douche, et avale un de tes cachets.

J'ai obéi. L'eau tiède était agréable et, quand j'ai eu fini, j'ai pris une des pilules. Et pourtant, je n'en avais pas besoin, je me sentais bien, je n'avais aucune envie de dormir. J'étais plutôt impatient de ressortir, de voir quelles aventures la journée qui commençait nous réservait à tous les deux, à mon père et moi.

Mon père est allé se doucher et se raser, j'ai sorti mon *walkman* et une des cassettes que j'avais préparées exprès pour le voyage. Je me souviens encore aujourd'hui de la *playlist*, comme on se rappelle les formations des équipes de football qu'on a soutenues quand on était enfants. *Romeo and Juliet*, *Private Investigations*, *Ragazzo dell'Europa*, *Should I Stay or Should I Go*, *Under Pressure*, *Caterina*, *Always on My Mind* dans la version de Willie Nelson.

Je me suis étendu sur le lit, j'ai mis les écouteurs et envoyé la musique. Je ne sais plus sur quel morceau mes yeux se sont fermés. Je me souviens simplement de mon père en peignoir qui me secouait délicatement par l'épaule.

— Alors comme ça, tu n'avais pas besoin de cachet ?

— Je ne dormais pas, j'écoutais la musique...

— C'est ça, et moi je faisais des haltères ! Allez, retourne sous la douche, mais cette fois sous l'eau froide. Après, on sortira prendre un petit-déjeuner et on décidera du programme de la journée.

21

Après le petit-déjeuner, nous sommes remontés nous reposer un peu dans notre chambre. Allongés sur nos lits, mais éveillés.

— J'ai consulté le guide, a dit mon père.

— Et alors ?

— Apparemment, ce qu'il ne faut surtout pas rater, c'est Notre-Dame-de-la-Garde, l'église qu'on voit du port, celle tout en haut, bien illuminée, je ne sais pas si tu as remarqué. En plus du monument, il y a un superbe panorama sur la ville et sur les îles. Ensuite, il faut absolument visiter les Calanques.

— Qu'est-ce que c'est ?

— C'est le nom de formations géologiques, un ensemble de vallons et de falaises juste à la sortie de la ville. On peut prendre un bateau au Vieux-Port et faire une promenade qui dure trois heures. Qu'en dis-tu ?

Je bâillai profondément et m'étirai. Je me sentais plutôt bien, le cachet avait commencé à faire son effet.

— D'accord, mais on commence par quoi ?

— On va en taxi à Notre-Dame-de-la-Garde, on visite l'église et on admire la vue. Ensuite, on descend au port et on cherche où se trouvent l'embarcadère et la billetterie pour les Calanques.

Une demi-heure plus tard, nous étions dans un taxi. Mon père a bavardé avec le chauffeur tout le trajet. Une des choses que je découvrais, c'était justement cette facilité inattendue qu'il avait à parler, sa disponibilité pour discuter avec tout le monde, en s'intéressant à chacun. Je me demandai s'il avait tout le temps été comme ça et que je ne m'en étais pas rendu compte, ou si c'était un effet de la situation étonnante dans laquelle nous nous trouvions.

Il parlait français avec le chauffeur selon un rythme intense et soutenu, et je ne compris presque rien à la conversation, à part que le type était originaire de Bretagne et qu'il détestait les beurs, ces gens-là étaient devenus les maîtres de la ville, et s'il avait pu, il aurait quitté Marseille.

Notre-Dame-de-la-Garde était un édifice en marbre aux dimensions imposantes, de style néo-roman, posé sur le point culminant de la ville. Il était huit heures et demie, l'air était limpide, tout Marseille était à nos pieds, la mer scintillait dans le lointain, comme une promesse.

« Là, ce sont les îles du Frioul, a dit mon père, en consultant son guide. Il montrait du doigt un petit archipel tout près du Vieux-Port. Sur la plus petite, il y a le château d'If. »

Il me fallut quelques secondes pour le repérer et pour remettre ce nom :

— C'est celui du *Comte de Monte-Cristo* ?

— Oui. Jusqu'au début du siècle, c'était une prison.

— Je pensais que c'était un lieu inventé, je n'aurais jamais imaginé qu'il existait pour de vrai.

— Et pourtant si. C'est là que le roman commence.

Le Comte de Monte-Cristo, que j'avais lu deux fois, d'abord dans une version adaptée pour la jeunesse puis dans sa version intégrale, était un de mes romans préférés. J'aimais les récits d'injustice, d'oppression et de vengeance, je m'identifiais complètement aux personnages, et celui qui me plaisait le plus, c'était naturellement Edmond Dantès. Dans ma manière vorace et distraite de lire, je ne m'étais jamais arrêté sur le fait que le roman était situé en partie à Marseille, dans le lieu même où, en ce moment, j'étais physiquement présent. J'éprouvai une sensation exaltante, comme si l'on m'avait brusquement donné la possibilité de visiter Smallville, Mickeyville ou Gotham City.

— Dommage qu'on n'ait pas d'appareil photo, ai-je dit en admirant le panorama dans toutes les directions.

— Oui, c'est dommage, a dit mon père. Mais qui aurait pu deviner que nous en aurions besoin ?

Cette phrase resta gravée en moi comme un aphorisme mystérieux, une prophétie.

Nous avons fait le tour de l'église, observé la gigantesque statue de la Vierge sur le clocher, examiné la ville sous tous les angles et, quand nous en avons eu assez – car au bout d'un moment, même les plus belles vues finissent par être ennuyeuses –, nous avons repris un taxi pour descendre au Vieux-Port.

Une femme rondelette à l'air amène, la poitrine généreuse et mise en avant, officiait à la baraque de la billetterie pour les excursions en bateau dans les Calanques. Elle parlait de manière lente et agréable, en séparant bien ses mots, et j'ai compris presque tout ce qu'elle disait. Après avoir détaché les billets, elle nous a jeté un regard et nous a demandé si nous avions des maillots de bain. Mon père a répondu que non, nous n'en avions pas. Pourquoi, il y avait la possibilité de se baigner ? Bien sûr que oui ! s'exclama-t-elle. On allait nous emmener dans de petites criques où l'eau était absolument limpide, encore plus belle qu'en Corse, précisa-t-elle avec une pointe d'orgueil, et ce serait dommage de rater une telle occasion. Si nous le souhaitions, nous avions le temps d'aller dans un magasin qu'elle pouvait nous indiquer, à quelques pas de là, pour acheter le nécessaire.

Nous sommes donc allés faire l'acquisition de maillots, de sandalettes et de serviettes de bain.

Nous avons aussi acheté un drôle de sac de plage décoré de poissons et d'hippocampes.

Nous retournions au quai lorsque mon père s'est brusquement arrêté.

« Qu'est-ce qu'il y a ? », ai-je demandé.

Il avait un sourire insolite et une expression hésitante, presque de surprise :

« Tu sais que je m'amuse ? »

Sa phrase m'a serré le cœur. Je n'ai pu qu'esquisser un sourire et opiner du chef.

« Moi aussi », ai-je fini par dire.

Et c'était vrai. Je ne m'étais jamais autant amusé de ma vie.

À bord, nous étions une dizaine de personnes en plus du marin, un colosse barbu aux avant-bras couverts de tatouages. Il y avait une famille française, le père, la mère, deux enfants silencieux, et un groupe de touristes allemandes habillées de pied en cap pour une randonnée en forêt. Nous nous sommes changés dans la petite cabine de l'embarcation, enfilant avec une certaine fierté nos maillots de bain marseillais. La mer était calme, il n'y avait que de très légères ondulations sur lesquelles le soleil provoquait des scintillements toujours changeants.

Pour une raison inexplicable, ce spectacle m'a fait penser à l'éternité.

« Qui se serait douté qu'à Marseille il y avait des endroits aussi beaux ? a fait remarquer mon père au bout d'une demi-heure de navigation. Et pratiquement en centre-ville ! » Il regardait les vertigineuses falaises blanc et ocre qui plongeaient dans la mer. Il portait des surlunettes de soleil accrochées à ses lunettes de vue, un système qui datait de l'époque où les lunettes de soleil photosensibles étaient un luxe. Avec cet accessoire totalement démodé, sa chemise blanche et son short de bain, on aurait dit qu'il sortait d'un film des années soixante.

Il avait raison, la côte était d'une beauté à couper le souffle. Le bleu intense du ciel dessinait, pour qui était capable de les voir, des formes renversées qui s'enfonçaient entre les sommets pointus des crêtes. Certains rochers semblaient défier les lois de la gravité, d'énormes pierres étaient posées sur des arêtes ou des pics dans un équilibre parfait et précaire, comme dans des images de dessins animés. On apercevait dans les hauteurs des grottes cyclopéennes, rappelant les temps les plus reculés. Des parois gigantesques descendaient soudain jusqu'à la mer, comme des toboggans. On devinait au loin des personnes allongées au soleil, sans comprendre comment elles avaient pu arriver là, puisqu'il n'y avait derrière elles que des à-pics. Mon père interrogea le marin à ce sujet, et il répondit qu'il existait bien des sentiers, mais qu'il fallait les connaître : ils étaient escarpés et dangereux, et, plus d'une fois, des randonneurs inexpérimentés s'étaient tués en tombant des rochers.

Par moments, nous passions tellement près des parois que nous pouvions les toucher en tendant le bras. Les falaises, parfois hautes de centaines de mètres, inspiraient un sentiment de révérence, presque religieux.

Nous naviguions depuis plus d'une heure, le soleil tapait fort, nous sommes entrés dans une petite calanque à l'eau verte et transparente. Le marin a jeté l'ancre, il a annoncé que ceux qui le voulaient pouvaient se baigner. Mon père et moi, installés debout à la poupe, avons plongé presque en même temps, en nous bouchant le nez avec les doigts. L'eau était froide et limpide, et nous avons nagé ensemble jusqu'à une petite plage de galets et de gravier. Quand le marin nous a adressé de grands signes, parce qu'il était l'heure de repartir, nous avons fait demi-tour.

La dernière fois que nous étions allés à la mer ensemble, mon père et moi, j'étais un petit garçon.

Dans la calanque de Morgiou, plus spacieuse que les autres, il y avait un petit port avec des barques et un minuscule village de pêcheurs. Mon père a demandé si on pouvait descendre à terre. Le marin a répondu que ce n'était pas prévu mais, si nous le voulions, il pouvait nous déposer, nous n'aurions qu'à prendre le bateau suivant, deux heures plus tard, il avertirait son collègue qu'il y avait deux passagers à récupérer.

Il nous débarqua sur le quai. Nous avons salué sans regret les autres touristes, nous n'avions pas échangé un mot avec eux. Nous sommes allés au village. L'endroit avait l'air presque désert, à part un petit bar ouvert.

Nous avons pris un café et le propriétaire nous a indiqué un chemin qui permettrait de rejoindre en cinq minutes une petite crique où, nous a-t-il dit, la mer était magnifique, et où il n'y avait presque personne. Mon père lui a demandé à quelle distance nous étions de Marseille par voie terrestre, et le patron a répondu, avec une pointe d'orgueil, qu'ici *on était* à Marseille, dans le IXe arrondissement. Ce qui ne voulait pas dire non plus qu'on pouvait aller à pied au centre-ville, le Vieux-Port se trouvait à une quinzaine de kilomètres. Mais nous étions quand même à Marseille, a conclu le cafetier, et une mer comme ça, on ne la trouverait dans aucune autre ville d'Europe.

Nous avons suivi ses indications et grimpé quelques minutes, avant de redescendre dans le vallon. « C'est vrai, que c'est splendide ! », ai-je dit en regardant alentour.

Sur la plage, il n'y avait que cinq personnes : trois jeunes barbus dégoulinant de sueur, sacs sur le dos, à l'évidence ils venaient d'arriver par un sentier, et deux femmes confortablement installées, avec chaises pliantes, sac isotherme et même une table de pique-nique, à l'ombre d'un pin qui poussait dans la roche blanche, cinq ou six mètres plus haut.

Il y avait toute la place dont on pouvait rêver. Nous avons étendu nos serviettes sur la plage de galets, à une dizaine de mètres des deux femmes. Les jeunes étaient à l'autre bout de la crique. Un calme presque irréel régnait. Partout autour de nous, des falaises calcaires s'enfonçaient à pic dans la mer, ponctuées de pins et d'arbustes qui formaient des taches dans toutes les nuances de vert. On devinait au loin la présence des sentiers vertigineux dont le marin avait parlé, parcourus, çà et là, par de minuscules silhouettes humaines qui surgissaient soudain du maquis et s'aventuraient en équilibre au-dessus de l'abîme.

Nous avons passé une bonne heure à entrer et sortir de l'eau. Le soleil était au zénith, il chauffait de plus en plus. À un moment donné, mon père a suggéré que nous nous mettions un peu à l'ombre, pour ne pas risquer un coup de soleil. Nous avons pris nos affaires pour aller vers les deux femmes, sous le pin d'Alep, en leur demandant la permission de nous installer à côté d'elles. La première a répondu, dans un italien correct: « Il faut payer le billet. »

Nous la regardions, tous les deux interloqués. Parfaitement sérieuse, elle a continué: « Il faut me donner une cigarette, autrement c'est interdit. »

Et elle a tout de suite éclaté de rire.

« J'essaie d'arrêter, alors je n'achète plus de cigarettes. Mais je vous ai vu fumer et ça m'a donné une envie terrible. » Elle nous a invités d'un geste à nous asseoir près d'elles.

La seconde femme est intervenue. Elle riait et disait quelque chose en français, mais comme si elle adressait à la première un reproche.

Mon père a ri à son tour, il a tendu son paquet à la première.

— Qu'est-ce qu'elle a dit ? ai-je demandé.

— Elle a dit que son amie avait arrêté de fumer, mais seulement ses propres cigarettes.

Nous nous sommes installés. Mon père a posé le paquet et le briquet entre nos serviettes et leurs chaises, et il leur a dit de se servir quand elles le voulaient, sans avoir besoin de demander.

— Comment se fait-il que vous parliez italien ? a-t-il demandé.

— J'ai vécu un an à Florence, juste après la fac. J'enseignais le français et j'apprenais l'italien. Et vous, que faites-vous ici ?

Nous leur avons raconté une version incomplète des faits, une version très simplifiée, et demandé si elles étaient marseillaises. Non, elles venaient de Toulouse, elles étaient là pour une semaine, en visite chez une amie. Celle qui fumait les cigarettes des autres s'appelait Adèle, et l'autre Lucie. Adèle semblait la plus âgée, elle avait peut-être quarante ans, et elle était la plus belle, mais sa compagne avait quelque chose de tellement troublant, peut-être la pointe de paresse sensuelle de son regard, qu'il était difficile de la quitter des yeux.

Elles étaient architectes. Pendant des années, elles avaient travaillé à dessiner et restructurer des habitations, mais cela ne plaisait ni à l'une ni à l'autre. Ensuite, presque par jeu, elles avaient commencé à créer et à illustrer des histoires pour la jeunesse. Elles avaient rencontré le succès : leurs livres étaient même traduits à l'étranger. Au bout d'un moment, elles s'étaient aperçues qu'elles pouvaient se permettre d'arrêter l'architecture.

Ce qu'il y avait de beau dans leur nouveau travail, expliqua Adèle, c'étaient les longues périodes de temps libre. Elles réalisaient trois livres par an, chaque ouvrage leur prenait à peu près deux mois de travail, le calcul était vite fait. Elles disposaient chaque année d'environ six mois de vacances, qu'elles consacraient à tout ce qu'elles voulaient et, en l'occurrence, surtout à voyager.

L'essentiel, expliqua-t-elle comme si elle nous faisait la leçon, et à vrai dire, c'était tout à fait ça, consistait à ne pas travailler plus que nécessaire, à la rigueur en mettant un peu de côté pour les coups durs. « Une frugalité réfléchie », commenta mon père en hochant la tête. Je me suis dit que je devrais me souvenir de sa formule, et qu'il faudrait que je choisisse mon métier en gardant bien à l'esprit cette rencontre et cette conversation.

« Vous avez faim ? », a demandé Adèle à un moment. En fait, nous étions plutôt affamés. Elles ont sorti de leur sac des sandwichs au jambon et au fromage, une bouteille de vin blanc et des concombres, et nous avons festoyé gaiement, en bavardant comme de vieux amis.

Nous en étions au café – car elles avaient apporté ça aussi, dans un thermos – quand sur la crête, à environ deux cents mètres de nous, sur un sentier invisible, une file de randonneurs est apparue, comme surgie de nulle part. Cette vision m'a rappelé un film que j'avais vu deux ans auparavant au ciné-club du lycée, et qui m'avait beaucoup impressionné : *Pique-nique à Hanging Rock*. Il s'agissait de l'histoire apparemment vraie d'un groupe de jeunes Australiennes d'un collège privé qui, en 1900, pendant une sortie scolaire, s'étaient aventurées et égarées dans un défilé rocailleux. On n'en retrouva qu'une seule, dans des circonstances énigmatiques : elle avait perdu la mémoire et ne put raconter ce qui s'était passé. C'était un film poétique et inquiétant sur le destin et sur les mystères fondamentaux de la vie, de la jeunesse et de la mort. « Toute chose a un début et une fin, à un moment et dans un lieu appropriés », disait Miranda, le personnage principal à la beauté presque surnaturelle, dont je ne pus détacher ma pensée pendant des jours.

À l'instant où cette phrase me revenait à l'esprit, un des randonneurs fit un faux pas et glissa sur le gravier d'une pente. Il ne parvint à s'arrêter que tout près du ravin : la mer était au moins cinquante mètres plus bas, à pic. La scène était terrible, irréelle. L'homme essayait de remonter, mais la pente était trop raide, ses compagnons ne semblaient pas savoir que faire. Leurs voix nous parvenaient indistinctes et amorties à cause de la distance. Je me suis dit avec effroi que j'allais assister à la mort d'un être humain, et je me suis senti dépassé par l'énormité de la chose. Tout autour, la nature était paisible et splendide, exactement comme elle l'était quelques instants plus tôt, exactement comme elle le serait ensuite.

L'opération de sauvetage fut laborieuse, et nous avions du mal à en distinguer les détails. Les compagnons du randonneur lui ont lancé une corde. Puis, avec précaution pour éviter de tomber à leur tour, ils l'ont tiré lentement jusqu'au sentier. Il ne s'était pas fait mal, en tout cas pas sérieusement, tout le groupe s'est remis en marche et a bientôt disparu derrière la falaise.

Adèle a pris une autre cigarette et, cette fois, Lucie en a demandé une aussi. Elles ont fumé avec mon père en silence, personne n'était prêt à parler. Leurs cigarettes étaient encore allumées lorsque l'embarcation avec laquelle nous devions repartir a fait son entrée dans la calanque.

— Ce sont eux, il faut y aller, a dit mon père en se levant.

— Pourquoi partez-vous ? a demandé Adèle.

— Notre bateau est arrivé.

— Restez ! C'est l'heure la plus agréable.

— Nous aimerions bien, mais après, nous ne saurions pas rentrer.

— On vous raccompagnera, notre voiture est au village. On vous conduira directement à votre hôtel : service complet !

J'ai failli dire oui tout de suite, mais je me suis retenu, je ne voulais pas risquer de passer pour un gamin. J'ai eu la nette impression que mon père aussi était tenté de répondre oui tout de suite. Mais il a résisté. Il s'est tourné vers moi :

— Qu'est-ce que tu en dis ?

— Restons donc ! On est bien, là, et on n'a aucun engagement jusqu'à demain matin.

C'est ainsi que nous sommes restés au moins deux heures à bavarder un peu de tout (Adèle fut très frappée de découvrir que mon père était mathématicien), à boire du café, à nous baigner, à regarder la lumière du soleil décliner, modifier les couleurs de la calanque, du blanc au jaune ocre et au gris, dans toutes ses gradations.

À un moment, Lucie, dans son italien très poussif, m'a dit que je ressemblais à un jeune acteur de la Comédie-Française. Elle a dit un nom que je n'avais jamais entendu et que j'ai oublié aussitôt. Avant que je trouve quelque chose d'intelligent à répondre, Adèle est intervenue en riant, elle a expliqué que Lucie venait de m'adresser un compliment, parce que cet acteur était très beau garçon.

À six heures passées, nous sommes rentrés par le chemin de Morgiou, la route traversait un paysage sauvage, on se serait cru en montagne. Nous sommes passés devant la prison de Marseille où étaient enfermés les pires criminels de France, disaient-elles. Et nous avons traversé des zones résidentielles anonymes à l'air inhospitalier.

— Qu'est-ce que vous faites, ce soir ? a demandé Adèle. Nous étions presque arrivés à l'hôtel.

— Rien de spécial, a répondu mon père, nous allons chercher un endroit où dîner.

— Notre amie Marianne organise une sorte de petite fête. Pourquoi ne viendriez-vous pas ? Il y aura des gens intéressants.

Cette fois, mon père ne m'a pas demandé mon avis. Il a tout de suite répondu que oui, ça nous ferait plaisir, nous viendrions volontiers.

Lorsque nous avons dit au revoir à Adèle et Lucie devant notre hôtel – *à tout à l'heure**, disait mon père, *à tout à l'heure**, répétais-je –, nous avions un petit billet avec l'adresse de Marianne. Nous nous étions mis d'accord pour les retrouver quelques heures plus tard. À une fête. Mon père et moi. À Marseille.

22

« Tu as envie d'y aller ? », a demandé mon père lorsque nous avons été seuls. J'avais une envie folle d'y aller mais, imaginant que je devais me donner une contenance, j'ai répondu avec une certaine nonchalance :

— Oui, bien sûr, comme ça la nuit passera plus vite.

— Dans ce cas, avant de regagner notre chambre, cherchons un magasin où acheter deux bouteilles de vin, pour ne pas nous présenter les mains vides. Ça va bientôt fermer, il faut nous dépêcher.

Nous avons longé quelques pâtés de maisons en silence. Le sel me piquait la peau, j'avais la tête qui tournait un peu, c'était à la fois la fatigue et l'excitation. Mon père, au contraire, semblait en grande forme. Il avait pris le soleil, et on n'aurait pas imaginé qu'il venait de passer une nuit blanche, suivie d'une journée où il n'avait pas eu une minute de repos.

— Elles étaient jolies, hein? ai-je dit quand j'ai compris qu'il n'allait pas aborder le sujet.

— Oui, très jolies.

— Elle te plaît, Adèle?

— C'est une femme intéressante, ça m'a fait plaisir de discuter avec elle. Ça n'arrive pas si souvent.

— D'après toi, elles ont quel âge?

— Je dirais une petite quarantaine pour Adèle, et trente-cinq ans pour Lucie.

— Tu crois qu'Adèle te draguait?

Il a éclaté de rire, comme si je venais de faire une bonne plaisanterie au moment où il s'y attendait le moins.

«Ce serait amusant, mais elles sont lesbiennes», a-t-il répondu, sans cesser d'avancer.

Lesbiennes? Je n'avais rien remarqué. S'il avait raison, alors je m'étais fait tout un film, complètement infondé – un film sur Lucie, en particulier, et sur ce qui pourrait se passer ce soir, à la fête.

— Pourquoi tu dis qu'elles sont lesbiennes? ai-je demandé, nerveux, et ma voix était involontairement montée de deux tons.

— Je peux me tromper, mais à la manière dont elles se parlaient, et aux attentions qu'elles avaient l'une pour l'autre, elles ne semblaient pas de simples camarades. Et puis, il y avait une certaine synchronisation de leurs mouvements, comme cela arrive à certains couples qui sont ensemble depuis longtemps. Par exemple, à un moment donné, Adèle a remis en place une mèche de son amie, les cheveux avaient glissé sur le visage de Lucie et elle les lui a replacés derrière l'oreille. C'était un geste très intime. Mais, je répète, je peux me tromper.

Je ne savais que dire. Je me demandai si, par le passé, j'avais déjà rencontré un couple de femmes homosexuelles. La réponse était non. Ce qui pouvait signifier que je n'en avais pas rencontré ou que j'étais incapable de les reconnaître. Et mon père, comment faisait-il pour repérer tous ces signes ? Il m'avait toujours paru distrait, désintéressé des autres, uniquement centré sur son univers de symboles abstraits. Et maintenant, je découvrais qu'il était, entre autres, capable de saisir, d'interpréter des détails comme une main affectueuse qui remet en place une mèche rebelle.

À ce moment-là, nous sommes passés devant la façade ancienne, en bois sombre, d'une vaste épicerie. Une abondance de victuailles étaient exposées en vitrine : charcuteries, fromages, pâtisseries, harengs, bouteilles de vin, pain, chocolats, conserves. Sous son tablier blanc, l'épicier portait une chemise et une cravate noire impeccablement nouée. Très sociable – apparemment une caractéristique des Marseillais –, il nous conseilla de prendre deux bouteilles de châteauneuf-du-pape. Le vin était produit à une centaine de kilomètres de Marseille, et cette cave-là faisait du très bon travail. Sans dépenser une somme excessive, nous allions faire une excellente impression.

— Tu as déjà lu Scott Fitzgerald ? m'a demandé mon père en rentrant à l'hôtel.

— Oui, *Gatsby le Magnifique*. Pourquoi ?

— Quand l'épicier nous parlait des environs de Marseille, je me suis rappelé qu'un de ses romans se passait justement dans la région.

Je n'ai rien dit, je ne voyais pas où il voulait en venir. En fait, je me suis rendu compte que lui non plus ne le savait pas, il avait l'expression de celui qui cherche le fil perdu d'un discours, d'une pensée.

— Je ne sais plus ce que je voulais dire. Ce doit être le manque de sommeil, des associations bizarres me viennent à l'esprit, que j'oublie aussitôt. En tout cas, le roman en question, c'est *Tendre est la nuit*, un titre sublime.

— C'est vrai, c'est très beau. L'histoire se déroule ici ?

— Sur la Côte d'Azur. Mais au tout début, il est question de Marseille même. Je ne me souviens plus trop pourquoi.

— J'ai beaucoup aimé *Gatsby le Magnifique*.

— Fitzgerald était un grand écrivain et un homme malheureux. Je pense souvent à cette citation de lui : « Dans la véritable nuit noire de l'âme, il est toujours trois heures du matin. »

Cette phrase et sa poésie sont restées gravées dans ma mémoire.

C'était une intuition fulgurante et, en même temps, j'avais l'impression qu'elle contenait aussi le contraire de sa signification apparente. C'est ce qui se produit avec les plus belles métaphores, au-delà des intentions de leurs créateurs.

« Prends ta douche en premier. Mais froide, hein ! Comme ça, je n'aurai pas à m'inquiéter à l'idée que tu puisses t'endormir », recommanda mon père.

Je suis resté sous l'eau au moins cinq minutes avant de regagner la chambre, encore dégoulinant, une serviette nouée autour de la taille. La fenêtre était ouverte, mon père fumait sur le balcon, l'air frais faisait frissonner ma peau mouillée. Pendant un instant merveilleusement absurde, comme suspendu dans le temps, je me suis dit que nous aurions pu emménager là, mon père et moi, vivre comme nous le faisions en ce moment, sans règle, sans pause.

Quand ce fut à mon père d'aller dans la salle de bains, j'ai pris un cachet et je me suis assis dehors avec mon livre. J'avais l'intention de lire un peu, mais je me suis aperçu que ça me posait quelques difficultés. Je ne comprenais pas le sens des phrases. Parfois, je butais sur certains mots tout à fait banals, je n'arrivais plus à saisir leur signification, comme si le livre était écrit dans une langue étrangère. J'ai eu l'impression que le balcon se mettait à tourner autour de moi, j'ai eu un début de nausée, et j'ai senti mon cœur battre une chamade infernale, comme cela ne m'était plus arrivé depuis des années.

Je vais avoir une crise. Il faut appeler papa, il faut aller tout de suite à l'hôpital. Tout de suite.

J'ai essayé mais je n'arrivais pas à parler, encore moins à crier. Je n'arrivais à rien. J'étais là, sur la chaise longue, mon livre posé sur les jambes, la serviette toujours autour de la taille, impossible de parler, je ne pouvais même pas bouger.

Et pourtant je pensais, à une vitesse folle. Comment s'était passée ma crise, quatre ans plus tôt ? Je ne m'en souvenais pas vraiment, j'avais perdu connaissance et puis je m'étais réveillé. Pour ce que j'en savais, il ne s'était rien passé de plus, c'était juste une brusque sieste. Au fond, l'épilepsie, c'était peut-être un truc de rien du tout. Ou alors, j'étais en train de mourir. Ça m'est venu à l'esprit comme ça, sans point d'interrogation, je suis peut-être en train de mourir. J'ai examiné cette hypothèse avec un grand calme.

« Ça va, Antonio ? » Il m'a fallu quelques secondes pour reprendre contact avec le monde extérieur.

— Oui, j'ai juste eu un petit vertige.

— Rien de plus ? Tu avais l'air en transe.

— Non, rien de plus. Enfin si, ma tête tournait quand même beaucoup. Mais c'est sans doute le manque de sommeil, je vais déjà mieux. Et toi, comment tu te sens ?

— Moi aussi, j'ai la tête qui tourne. Avant d'aller dîner, on va boire un café bien serré. Tu as pris ta pilule, n'est-ce pas?

Nous sommes restés assis sur le balcon en silence pour nous reposer une demi-heure. Le ciel s'est couvert de nuages blancs, ensuite de plus en plus sombres et compacts. Je me suis dit qu'il allait pleuvoir, que nous avions eu de la chance avec la météo, avec tout ce soleil. Pour aller à la fête, nous allions devoir prendre un taxi. J'ai pensé que mon père était vraiment un personnage étonnant, je n'aurais jamais cru. Quand nous rentrerions, je voulais continuer à discuter avec lui, il racontait des choses intéressantes, j'avais l'impression que nous étions devenus amis, c'était étrange et beau. J'ai pensé aussi que c'était quand même dommage que Lucie soit lesbienne, parce qu'elle m'avait beaucoup plu et que j'avais eu la sensation, absurde, je sais, de lui avoir plu aussi.

Je m'étais remis de mon malaise mais mon esprit en avait gardé comme une fragilité. Les pensées et les images se pourchassaient, elles passaient, légères, s'évanouissaient avant que j'arrive à m'en saisir. C'était une sensation à la fois agréable et inquiétante. Elle a duré jusqu'à ce que nous nous retrouvions dans la rue, jusqu'à ce que le cachet commence à faire son effet.

Nous portions des chemises blanches, nous avions le hâle joyeux et un peu surfait des gens qui ont passé la journée à la plage. La Canebière nous était presque familière alors que deux jours plus tôt elle nous effrayait. Nous avions l'impression de faire partie d'un seul et même flot humain qui marchait à la rencontre de la nuit, nous étions comme fondus dans la foule. Au bout de quelques centaines de mètres, j'ai pris conscience que j'*entendais* les gens parler dans la rue. Ils parlaient en arabe, je supposais que c'était de l'arabe, en français, dans un mélange de français et d'arabe, comme un vaste chuchotement collectif, une sorte d'incantation frénétique, parfois agréable, parfois moqueuse, menaçante. Pas une seconde je ne me suis dit que c'était, si tout allait bien, ma dernière nuit à Marseille.

Adèle nous avait écrit l'adresse et les indications pour la trouver. « Le Panier n'est pas aussi dangereux qu'on le raconte, avait-elle ajouté en nous donnant le bout de papier. Mais être un peu attentif ne fait jamais de mal. »

En passant la frontière – le quai du Port – qui séparait le port de la vieille ville, où nous n'étions pas encore allés, on percevait effectivement quelque chose de différent, la sensation d'être observés et, en même temps, l'impression d'atteindre un degré supplémentaire d'intimité avec la ville, avec ses confins les moins accessibles.

Il y avait des tas d'ordures ici et là. Au coin d'une rue, nous sommes tombés sur la carcasse d'un cyclomoteur auquel on avait ôté les roues et la selle. De très jeunes garçons, presque des enfants, se déplaçaient en groupes, ils apparaissaient et disparaissaient dans les ruelles, l'éclairage semblait précaire, comme s'il venait d'être rétabli après une longue période d'obscurité. Des cours montait la forte odeur des hommes et de leur cuisine.

Nous avons rejoint la montée des Accoules, nous l'avons gravie jusqu'à la rue du Refuge. Marianne habitait un immeuble des années vingt, peut-être plus ancien encore, avec des volets qui avaient dû être verts et un crépi qui s'effritait à plusieurs endroits.

Il y avait quelque chose de provisoire et de définitif dans la façade de ce bâtiment et finalement dans tout le vieux quartier. La porte de l'immeuble était ouverte, l'appartement se trouvait au rez-de-chaussée, au fond d'un hall mal éclairé. En l'absence de sonnette, nous avons frappé avec le heurtoir.

Après une vingtaine de secondes, la porte s'est ouverte, nous avons fait la connaissance de Marianne.

23

« *Vous devez être les Italiens. Je suis Marianne** », a-t-elle dit en tendant la main à mon père. Il s'est présenté en souriant, et n'a donné à son tour que son prénom. Marianne s'est ensuite tournée vers moi, elle m'a regardé un instant, comme si elle avait du mal à me situer. Et elle m'a aussi tendu la main.

Elle portait un modèle de lunettes masculines, à montures sombres, avec d'épais verres de myope qui n'atténuaient en rien le choc de son regard ironique, de ses yeux noirs et de ses longs cils assassins.

— *Je suis Antonio, je ne parle pas français**, ai-je balbutié.

— *C'est dommage**, il va falloir arranger ça. Et l'anglais ?

J'ai répondu que oui, je connaissais l'anglais – enfin, plus ou moins.

« Mais il faut que tu apprennes aussi le français, hein ! De toute façon on peut parler italien : comme ça je pratique et, si je fais des erreurs, tu me corriges. »

Mon père lui a offert les bouteilles, elle nous a remerciés. Elle a ajouté que nous n'aurions pas dû mais qu'un châteauneuf était toujours le bienvenu. Et elle nous a invités à entrer, nous ne pouvions quand même pas continuer à bavarder sur le pas de la porte.

« Ce soir, nous fêtons Adèle et Lucie, mes meilleures amies, qui viennent d'arriver de Toulouse – mais vous les connaissez déjà. Vous trouverez à manger de ce côté-ci, et à boire par là. Servez-vous, faites comme chez vous. J'espère que vous aimez la cuisine du Maghreb. »

Nous étions entrés directement dans un vaste espace ouvert. Plus que le salon d'un appartement traditionnel, on aurait dit un entrepôt restructuré. L'air embaumait, c'était un parfum que je ne connaissais pas, une espèce d'encens délicat, les murs étaient peints d'une couleur vert d'eau. Contre le mur de gauche, une longue table étroite était garnie de mets, avec un chandelier à chaque extrémité, les boissons étaient posées sur un coffre en bois brut orné d'un autre chandelier, contre le mur de droite. Il y avait des chaises, un canapé sur un tapis devant un téléviseur, de gros coussins par terre, une bibliothèque débordant de livres et de bibelots, une chaîne stéréo posée à même le sol, et une vingtaine de personnes qui circulaient en bavardant.

« Je vais m'occuper du vin, on se revoit tout à l'heure », a dit Marianne en s'éloignant. Il était plus qu'évident qu'elle n'avait aucun besoin de pratiquer son italien, encore moins d'être corrigée.

— Très bien, a dit mon père, alors faisons un tour et goûtons ces plats du Maghreb.

— Tu connais cette cuisine ?

— Oui, et quand elle est bonne, elle est vraiment très bonne.

Nous nous sommes séparés pour visiter les lieux, chacun de son côté. Au fond du salon, une porte-fenêtre donnait sur une cour avec de gros pots de fleurs et des chaises, avec quelques invités qui mangeaient, buvaient et fumaient. Je dois dire qu'il y avait des spécimens humains vraiment originaux et variés. Deux barbus avec des tee-shirts sans manches et des muscles de déménageurs – ils avaient vraiment l'air de déménageurs ou de dockers et se tenaient par la main en se regardant tendrement ; une blonde diaphane et très maigre qui mangeait comme dix ; un groupe de jeunes à peine plus âgés que moi, des Blancs et des Noirs, qui occupaient le coin le plus éloigné de la cour, et tout indiquait, les gestes, l'odeur, qu'ils étaient en train de faire tourner un joint d'une taille respectable.

La personne qui attira le plus mon attention, ce fut un monsieur d'une soixantaine d'années, en veste et cravate, qui rappelait fortement Marty Feldman. Il lui ressemblait tellement qu'à un moment donné je me suis dit que dans notre situation n'importe quoi pouvait arriver et qu'il n'y aurait donc rien d'étrange à ce que ce soit vraiment lui. J'avais presque décidé de me présenter pour lui demander un autographe, le féliciter et lui dire que *Frankenstein Junior* était le film qui m'avait le plus fait rire de toute ma vie, quand je me suis souvenu que Marty Feldman était mort l'année précédente, je l'avais appris au journal télévisé.

La cuisine aussi donnait sur la cour, les murs étaient peints en ocre jaune, comme dans un tableau de Van Gogh. Une femme noire, menue, à l'expression résolue, voire franchement hostile, s'affairait aux fourneaux.

En regagnant le salon, j'ai remarqué que quelque chose était écrit au-dessus de la porte, je me suis approché pour lire. L'inscription était peinte sur le mur dans une belle écriture cursive avec une nuance enfantine. J'aimais l'effet de ces lettres noires sur le fond vert d'eau. Elles disaient ceci : « *Le merveilleux nous enveloppe et nous abreuve comme l'atmosphère ; mais nous ne le voyons pas*.* »

« Salut, Antonio ! Alors, vous êtes venus, ça me fait bien plaisir. »

Adèle s'était matérialisée derrière moi. Elle me prit dans ses bras et m'embrassa comme si nous étions de vieux amis qui ne s'étaient pas vus depuis longtemps. Elle sentait bon le shampoing et la crème pour le corps, elle avait l'air euphorique, comme si elle avait déjà bu plusieurs verres ou peut-être fumé quelque chose.

À vrai dire, la surexcitation semblait généralisée. Lucie est arrivée à son tour, et elle aussi m'a pris dans ses bras pour m'embrasser. Malgré ce qu'avait dit mon père, le contact de sa peau a provoqué au fond de moi une émotion troublante. L'espace d'un instant, j'ai eu la conscience exacte et vertigineuse de l'improbabilité de la situation dans laquelle nous nous trouvions, c'était comme une ivresse, comme un songe.

— Tu comprends ce qui est écrit? m'a demandé Adèle.

— Plus ou moins, pas tous les mots. Ça veut dire que le merveilleux nous entoure, mais que nous ne savons pas le voir?

— Excellent. Alors ce n'est pas vrai, que tu ne connais pas le français! Allez, va te chercher à manger, tu dois avoir faim. Il y a de très bonnes choses.

Elle s'est volatilisée avec Lucie. J'ai suivi son conseil, j'ai pris une assiette et je l'ai remplie de tout ce qui me tombait sous la main, couscous, salade, beignets, je me suis servi un verre de vin et j'ai rejoint mon père, qui mangeait assis sur le canapé.

— C'est une situation inhabituelle, non? a-t-il dit, un éclair de joie un peu folle dans les yeux.

— Il ne nous arrive rien d'habituel, depuis deux jours, ai-je répondu en m'empiffrant de couscous au poulet.

— Tu as raison. Nous en aurons, des choses à raconter !

À cette phrase, une brusque tristesse m'a envahi. Nous imaginer en train de raconter ce qui nous arrivait impliquait que tout était fini, et je ne voulais pas que ça finisse, je voulais rester en suspens là où j'étais, sur cette frontière, au point exact entre l'avant et l'après.

Un gros chat tigré est soudain apparu, il est venu se rouler en boule entre nous deux, sans timidité aucune, comme si nous fréquentions régulièrement cette maison et qu'il savait n'avoir rien à craindre de nous. Au bout de quelques secondes, il s'est même mis à ronronner, on aurait dit un moteur diesel à bas régime.

— C'est Stregatto[1], ai-je dit.

— Stregatto ?

— Le chat d'*Alice au pays des merveilles.*

— Je ne me souvenais pas qu'il s'appelait comme ça.

— C'est son nom dans le dessin animé de Walt Disney.

— Ah, je comprends. Salut, Stregatto ! dit-il avec le ton sérieux des fous.

Il lui donna une tapette amicale sur la tête, et le chat manifesta sa satisfaction en fermant les yeux à moitié. Ensuite, mon père vida son verre et alluma une cigarette.

---

[1] Nom construit sur un jeu de mots entre *gatto*, le « chat », et *stregato*, « ensorcelé ».

Nous sommes restés ainsi, tous les trois installés sur le canapé, pendant je ne sais combien de temps.

Parfois, je me levais, j'allais chercher du vin pour mon père et moi, parfois, c'était lui qui y allait. Nous le faisions avec modération, mais avec une certaine régularité tout de même.

J'avais l'impression d'être plongé dans une douce hallucination. Les gens qui circulaient autour de nous, ceux qui venaient s'asseoir sur ce canapé très vaste et qui se relevaient ensuite, ceux qui restaient dehors, ceux qui passaient la tête depuis d'autres pièces de l'appartement, tous nous apparaissaient comme autant d'ombres bienveillantes, de présences amicales mais privées de consistance corporelle. Mon père et moi bavardions, mais j'avais la nette impression que nous avions tous les deux du mal à ne pas perdre le fil de notre conversation.

À un moment donné, j'ai aperçu parmi les ombres Adèle et Lucie qui s'échangeaient un rapide baiser sur les lèvres. «Tu avais raison.» Mais il n'avait pas vu la scène et il n'a pas compris de quoi je parlais, je ne lui ai fourni aucune explication.

Il s'est mis à pleuvoir, les invités ont quitté la cour, mais le salon était grand, il y avait de la place pour tout le monde. J'essayais de mettre bout à bout quelques idées cohérentes, sans y parvenir. Parfois, le vertige me prenait et, un instant, tout tournoyait rapidement autour de moi, comme une roulette de casino. Ensuite, les choses ralentissaient, s'arrêtaient, et j'avais la sensation d'avoir atteint encore un autre niveau de conscience – ou d'inconscience.

Sans m'en rendre compte, je me suis retrouvé à contempler un des chandeliers, la cire fondait et coulait en formant des stalactites, certaines faisaient une trentaine de centimètres de long et descendaient jusqu'à la table. Je me disais que ces formes cachaient un mystère que je ne pouvais saisir. Tout était devenu difficile à saisir. En fait, il était devenu difficile de garder les yeux ouverts, et l'arrivée des desserts, à l'instant où j'allais m'endormir, fut providentielle. Il y avait du nougat, des couronnes aux amandes, une tarte au feuilleté d'une extrême finesse, et un gâteau fondant, coupé en cubes, qui me faisait penser à la pâte de coings de mon enfance.

Je savourais un nougat aux amandes et au sésame lorsque Marianne a surgi devant nous. Elle est venue s'asseoir sur le tapis, appuyant une main contre mes jambes. C'était un geste apparemment très naturel, très fortuit, et pourtant, dans ma perception désormais confuse et altérée de tout ce qui se passait, un geste également très délibéré.

« Mes amies m'ont raconté que tu étais mathématicien », a-t-elle dit à mon père. Il a hoché la tête en souriant. Peut-être s'apprêtait-il à dire quelque chose, mais son rythme avait ralenti et il n'en eut pas le temps, car elle s'adressa ensuite à moi.

« Et toi, Antonio, qu'est-ce que tu fais comme études ? » Je répondis que j'avais encore une année de lycée, ce qui l'étonna. Elle pensait que j'étais à l'université et dit que je faisais plus que mon âge. Cela me frappa, j'avais toujours cru faire plus jeune. À ce moment, deux femmes et deux hommes s'approchèrent : ils voulaient la saluer avant de partir. Quand elle se leva pour les embrasser, je m'aperçus qu'elle portait à l'intérieur de l'avant-bras un tatouage, une espèce d'animal mythologique avec des ailes, celles d'un aigle, je crois, avec une tête de lion.

Aujourd'hui, avoir un tatouage est une chose normale, presque banale. Pas à l'époque. Seuls quelques groupes étaient tatoués, les artistes, les fous, les hippies, certains motards et les gens qui avaient été en prison.

Que faisait-elle donc dans la vie, Marianne ? Elle ne semblait entrer dans aucune de ces catégories. Peut-être était-elle artiste ? Il fallait que je le lui demande dès qu'elle reviendrait s'asseoir près de nous, après avoir salué ses amis qui s'en allaient. Qui sait où était passé Marty Feldman ? Je ne le voyais plus. Était-il parti sans dire au revoir ?

J'élaborais mes phrases dans ma tête, les unes après les autres, en leur conférant une forme complète et élémentaire, comme si je discutais avec un interlocuteur peu intelligent. Je voulais donner un minimum de cohérence et de consistance à mes pensées. Elles fuyaient de tous côtés.

— Antonio ? La voix de mon père était lente et lointaine. Tout va bien ?

— Il faut que j'aille me passer de l'eau sur le visage, ai-je dit en accomplissant un effort énorme pour parler, puis pour me lever.

Les murs de la salle de bains étaient peints en bleu clair. J'aimais cette idée de choisir une couleur différente pour chaque pièce, je me suis dit que lorsque j'aurais un appartement à moi je m'en inspirerais.

Je me suis aspergé d'eau abondamment, mais ça ne suffisait pas, je me suis mis la tête sous la douche.

En essayant de mettre de l'ordre dans mes cheveux mouillés, je me suis retrouvé, je ne sais pas pourquoi, à ouvrir l'armoire à pharmacie. J'ai découvert les produits habituels, aspirine, bain de bouche, flacons et boîtes de médicaments indéterminés, eau oxygénée, quelques pommades, ainsi qu'une boîte de préservatifs, ce qui me troubla, me gêna, et me réveilla beaucoup plus que l'eau froide. J'ai refermé l'armoire, je suis sorti de la salle de bains et j'ai regagné le salon.

— Ça va ? a demandé mon père.

— Oui, oui, tout va bien.

— Tu as les cheveux mouillés.

— Je vais bien.

— Les autres s'en vont, qu'est-ce qu'on fait ?

— Il pleut encore. On attend que ça s'arrête ?

Marianne est revenue s'asseoir devant nous. Elle tenait un verre et une cigarette.

— Le moment que je préfère, dans les fêtes chez moi, c'est quand presque tout le monde s'en va et qu'on peut bavarder un peu tranquillement.

— Comment ça se fait que tu parles tellement bien italien ? ai-je demandé.

— J'ai vécu longtemps à Palerme et à Reggio de Calabre.

— Pourquoi donc Palerme et Reggio ? a demandé mon père.

— Je suis anthropologue. J'étudie les ressemblances entre les cultures tribales primitives et les communautés criminelles. Parmi celles-ci, naturellement, il y a les associations mafieuses du sud de l'Italie, *Cosa nostra* en Sicile et *'Ndrangheta* en Calabre.

Mon père a dit que c'était très intéressant et, s'il n'avait pas été aussi fatigué, je suis certain qu'il lui aurait posé des questions. Mais on voyait qu'il avait du mal à tenir les yeux ouverts et à garder le fil de ses idées.

« Je ne vous ai pas encore demandé pourquoi vous êtes à Marseille », a-t-elle dit d'un ton léger.

Mon père s'apprêtait à répondre, et j'imagine qu'il allait raconter notre histoire de vacances en Provence ou un autre récit de ce genre. Mais je l'ai devancé, j'ai expliqué la véritable raison pour laquelle nous étions à Marseille et pourquoi nous nous trouvions là, cette nuit. De manière succincte, mais sans rien omettre d'essentiel. Je ne sais pas exactement pourquoi j'ai fait ça, mais c'est venu naturellement ; plus tard, je me suis dit que j'avais fait le bon choix. Je me sentais bien, éveillé et clair dans ma tête. Je me sentais un homme. Mon père n'a manifesté aucun signe de surprise pour ce que je venais de dire. J'ai cru même percevoir en lui un certain soulagement, et son visage a semblé se détendre.

— C'est donc la deuxième nuit d'affilée que vous ne dormez pas ?

— Oui.

— Et si ce soir, vous n'étiez pas venus ici, qu'auriez-vous fait ?

— On se serait promenés en ville, comme hier, ai-je répondu.

— Avec cette pluie, ça n'aurait vraiment pas été commode, est intervenu mon père. Merci beaucoup pour l'hospitalité. Mais maintenant, on va y aller.

Il s'exprimait au ralenti. « Vous voulez partir ? Et qu'allez-vous faire, si vous ne pouvez pas dormir ? En plus, il pleut toujours. Restez donc ! Je vais faire un café : comme ça, vous vous reposez, et vous rentrerez à l'hôtel au lever du jour. » Mon père a tenté de répondre quelque chose, mais elle lui a ordonné de se taire et de ne pas bouger du canapé. Elle l'a dit vraiment comme il fallait : en plaisantant, mais aussi avec sérieux. « Je vais dire au revoir à quelques personnes, et puis je reviens vous voir. »

24

Il n'est pas impossible que je me sois endormi quelques minutes.

Mon souvenir suivant, c'est Marianne et moi assis sur le tapis, près du canapé. Mon père, en revanche, n'est pas là, et on dirait que tous les invités sont partis. Cette scène, aujourd'hui, a la substance d'un rêve.

— Qu'est-ce que ça représente ? lui ai-je demandé, en me référant à son tatouage.

— C'est un griffon à l'envers.

— Comment ça ?

— Le griffon a un corps de lion et une tête d'aigle. Celui-là, par contre, a un corps d'aigle et une tête de lion.

— Et pourquoi l'as-tu voulu ainsi ?

— Je ne sais pas. Souvent, je fais les choses juste pour le plaisir d'être originale. C'est un comportement infantile, mais je n'arrive pas à m'en débarrasser.

— C'est un beau dessin.

— C'est un gars du quartier qui l'a fait. Il a passé dix ans en prison : c'est là qu'il a appris à faire les tatouages.

— Ça ne te fait pas peur, de vivre dans un quartier comme ça ?

— Pour moi, c'est l'endroit le plus sûr de Marseille, et je n'y ai que des amis. Je peux rentrer seule, à n'importe quelle heure, sans aucun problème.

Je regarde autour de moi.

— Il n'y a plus que nous ?

— Oui.

À ce moment, mon père revient. Il devait être allé à la salle de bains. Je ne sais pourquoi, j'espère qu'il n'a pas regardé dans l'armoire à pharmacie. Il se rassied sur le canapé, là où il était auparavant. Stregatto n'est plus là, qui sait où il est allé se fourrer ? Adèle et Lucie surgissent par une porte que je n'avais pas encore remarquée. Toutes deux portent de longs tee-shirts sur leurs jambes nues, elles sont prêtes à aller se coucher. Elles nous disent au revoir et nous font la bise, il leur semble évident que nous allons passer la nuit ici – peut-être Marianne leur a-t-elle tout raconté –, et elles disparaissent à nouveau derrière la même porte. « Allons faire le café », me dit Marianne. Nous nous levons, et mon père fait un geste pour nous suivre.

— Reste sur le canapé et repose-toi, lui dit-elle, tu n'as qu'à dormir un peu.

— Je ne peux pas, dit mon père.

Il a l'air vraiment épuisé.

— Mais si, tu peux, ne t'en fais pas. Je m'occupe d'Antonio.

— Quelle heure est-il ?

— Presque trois heures.

Mon père hésite quelques secondes, avant de décider qu'il peut avoir confiance. Et il reste, il se met à l'aise, pendant que nous nous dirigeons avec Marianne vers la cuisine.

— J'ai une cafetière italienne, je l'ai achetée là-bas. À moins que tu préfères le café français ?

— J'aime mieux le café italien, merci.

— Évidemment, quelle question idiote ! Je n'aurais même pas dû la poser.

Elle prépare le café que nous buvons ensemble, assis à table.

— Je suis désolé de t'obliger à rester éveillée, dis-je.

— Demain, je n'ai rien de spécial à faire : je dormirai après votre départ.

— Je ne comprends pas pourquoi tu te soucies de moi.

Elle réfléchit un instant :

— C'est peut-être comme le tatouage, je veux dire, pour aucune raison particulière. À moins que ta situation soit *balikwas*, et que j'aime l'idée d'en faire partie.

— Qu'est-ce que tu as dit ?

— *Balikwas*. C'est un mot tagalog, la langue majoritaire des Philippines. C'est difficile à traduire. Ça veut dire quelque chose comme : bondir soudain dans une situation nouvelle et être surpris, changer de point de vue, percevoir d'une manière différente ce que nous pensions connaître.

Là, je murmure sans réfléchir :

— Il y a à peine deux jours, je ne connaissais pas mon père.

— Eh bien ça, c'est *balikwas*.

Ensuite, elle se lance dans un discours que je ne parviens pas à suivre mot pour mot. Je fais des efforts, je crois que je saisis l'essentiel. Elle me raconte qu'elle a été mariée, qu'elle a plus du double de mon âge – trente-sept ans, pour être précis – et puis, mais là le lien m'échappe, elle me dit qu'elle, moi, tout un chacun, nous sommes tous des entités fragmentées, tiraillées par une série d'émotions, d'inclinations, de tendances et de désirs qui nous entraînent sans cesse dans des directions différentes et contradictoires. Pour finir, elle explique qu'il faut épuiser la joie quand elle nous surprend, car c'est la seule façon de ne pas la gâcher. Elle répète cette expression, à l'évidence très importante, et qui reste en effet gravée en moi : il faut *épuiser* la joie, c'est la seule façon de ne pas la gâcher, après, elle disparaît.

Nous sommes là, à la cuisine, attablés côte à côte, et j'éprouve cette sensation très étrange de ne rien comprendre et, en même temps, de tout comprendre. J'ai l'impression que c'est exactement le sens de ce qu'elle est en train de raconter. Je me dis qu'elle a un très beau visage. J'aime ses joues un peu enfantines.

Et j'aime sa lèvre supérieure, cela me plairait de la dessiner. Quelques petites gouttes de sueur perlent sur cette lèvre et, comme je ne peux pas dessiner, je décide de l'embrasser, et je le fais. Maintenant, je me dis qu'elle va me repousser, me traiter de gamin, me demander ce que je me suis mis en tête et nous chasser, moi et mon père, lui qui ignore tout de ce qui s'est passé.

Cette séquence me paraît inéluctable, je ne peux m'y opposer d'aucune manière, je suis navré que mon père doive subir cette humiliation à cause de moi.

Mais elle ne me repousse pas. Sa bouche a une saveur douce d'alcool et de café et, âpre, de cigarette. Nous nous embrassons assis, un peu de guingois. Le seul bruit est celui de la pluie qui continue de tomber, moins fort quand même que tout à l'heure.

Elle se lève, me prend par la main et me guide jusqu'à sa chambre. Les murs sont couleur crème, le lit est de la même couleur, il y a un agréable parfum de draps fraîchement lavés.

«Je n'ai jamais fait l'amour», dis-je, pensant que dans ce genre de situation mieux vaut être honnête. Peut-être pose-t-elle un doigt sur sa bouche pour me faire taire. Ou peut-être est-ce que je l'imagine, ce geste, mais c'est ce qu'elle veut dire, il faut que je me taise, je ne dois pas dire des choses inutiles ou stupides. C'est vrai, il faudrait toujours éviter de dire des choses inutiles. Ou stupides.

À un moment donné, je suis allongé. Elle s'éloigne et revient avec quelque chose en main, c'est précisément ce que j'ai vu tout à l'heure dans l'armoire à pharmacie. Je murmure que je ne sais pas comment ça se met et elle dit – cette fois elle le dit vraiment, comme une personne qui donne un ordre – que je dois me taire. C'est elle qui me le met, tout doucement, avec délicatesse et précision, et je me dis que je n'ai jamais vu un geste aussi précis et délicat, aussi charmant. Oui, charmant, c'est le mot.

Tu es vraiment charmante, Marianne, voudrais-je dire. Mais je n'y arrive pas, ce qui est en train de se produire est vraiment trop énorme. *Balikwas*. Il faut que je mémorise ce mot. Bondir soudain dans une autre situation. Bondir. Soudain.

Puis elle ôte ses lunettes, et elle devient plus jeune et plus fragile. Elle se met sur moi et, lorsque nous avons trouvé le moyen d'être l'un dans l'autre, elle me prend les mains, les pose sur ses hanches, et elle m'apprend.

« Tout doucement », murmure-t-elle. Maintenant, son accent français ressort davantage et son souffle s'accélère : on dirait qu'il s'accorde au rythme de l'eau dans une gouttière, dehors. Elle me regarde et je la regarde pendant qu'elle bouge, jusqu'à ce qu'elle ferme les yeux à demi et qu'un gémissement lui échappe, puis un autre plus fort, comme si à présent elle me donnait la permission.

Et là, on se retrouve ensemble sur une pente raide où le monde entier tournoie, chute, se renverse et explose, dans une girandole aux couleurs flamboyantes.

25

Quand nous sommes revenus dans le salon, Stregatto occupait seul le canapé. Mon père était dehors. Il nous tournait le dos, il fumait en regardant un endroit imprécis de l'autre côté de la cour. Il ne pleuvait plus et, dans la pénombre, tout – tables, chaises, plantes, sol – était couvert de gouttes. On devinait le bout de la nuit, comme un présage. Après, comme chaque matin, rien ne serait plus pareil.

Si mon père se rendit compte de notre présence, il n'en laissa rien paraître. Quand je lui touchai l'épaule, il se retourna lentement – comme les personnages de certains films, ou comme dans un rêve. Tout à coup, je ne savais plus comment l'appeler.

« On avait parlé d'un café », dit-il en esquissant un sourire. Il faisait mine de rien, et pourtant il n'avait pas l'air de celui qui fait mine de rien. Ses cheveux mouillés étaient arrangés à la hâte et son visage semblait reposé.

«J'y vais tout de suite. Vous deux, attendez-moi ici», répondit Marianne, souriant à son tour – comme si elle en savait long, ce qui me fit frissonner. L'espace d'un instant, j'eus le sentiment absurde qu'ils s'étaient mis d'accord tous les deux dès le départ. Oui, avant même que nous ne venions à Marseille. Encore avant.

Mon père a bu son café debout dans la cour. Nous aussi – Marianne et moi –, nous restions debout sans mot dire, comme si nous participions à une cérémonie, à un rituel d'adieux particulier. Ensuite, Marianne nous a raccompagnés à la porte. J'aurais voulu lui demander son numéro de téléphone, lui dire que je voulais la revoir, qu'il le fallait, mais je n'ai trouvé ni les mots, ni la manière, ni le courage de le faire.

Elle a serré mon père dans ses bras, en pressant ses joues contre les siennes. Puis elle s'est tournée vers moi et, après une seconde d'hésitation, elle m'a caressé le visage et elle a posé un baiser sur mes lèvres, rapide et léger comme le contact d'une aile de papillon. C'était une de ces choses dont on se demande, après coup, si elles ont vraiment eu lieu, ou si on n'a fait que les imaginer.

Les rues du Panier, désertes et brillantes de pluie, semblaient contenir toutes les promesses du futur. Nous sommes arrivés au Vieux-Port au moment même où les rayons du soleil embrasaient d'énormes nuages blancs. Le chemin du retour fut long, beaucoup plus long que celui de l'aller et, quand nous sommes arrivés à l'hôtel, en traînant les pieds, le portier nous a adressé un regard perplexe.

Nous avons préparé nos bagages avec des gestes au ralenti, la fatigue avait rompu désormais toutes les digues. Le moindre mouvement, déplacer un objet, nous lever, nous baisser pour ramasser un papier par terre, nous coûtait des efforts infinis. C'était comme se déplacer dans le brouillard avec d'épais vêtements trempés sur le dos. Nous étions silencieux, même parler était devenu trop épuisant.

J'avais encore sur moi le parfum léger de Marianne, que je souhaitais garder le plus longtemps possible. Et quand le moment arriva de prendre notre dernière douche à l'hôtel, j'ai voulu que mon père passe le premier. Il a été sur le point de dire quelque chose, que je risquais de m'endormir, etc., mais il a dû se rendre compte que ce n'était plus la peine. Notre voyage à travers ces deux nuits était terminé.

Le taxi nous a déposés devant l'entrée principale du centre Saint-Paul avec quelques minutes d'avance sur l'heure de notre rendez-vous. Mon père a sorti son paquet de cigarettes, l'a examiné et l'a remis dans sa poche. Il avait l'expression de celui qui est sur le point de dire adieu à quelque chose.

— Antonio...

— Papa…

— Merci. Cela faisait longtemps que je ne m'étais pas senti aussi… *éveillé*. Parfois, le mot le plus évident est aussi le plus exact. Ça m'a donné envie de faire des choses, lorsque nous serons rentrés. Il y a des années que je me dis que je suis trop vieux. C'était idiot, mais je ne l'ai compris que pendant ces deux derniers jours.

Il y a des cas où il faut parler et ne rien tenir pour acquis. Et il y a des cas où, au contraire, il faut se taire, parce qu'il y a dans l'air quelque chose d'impalpable et de précieux et que nos mots, en un éclair, pourraient tout balayer. L'alternative est simple, la difficulté, c'est de savoir quand il faut appliquer une règle ou l'autre. Cette fois, il n'y avait rien à dire, et je n'ai eu aucun mal à le comprendre : il fallait laisser parler mon père.

Deux nuits sans sommeil affaiblissent, ralentissent les réflexes, troublent la vue, mais elles donnent aussi une perception très subtile et précise de l'essentiel.

« Et toi, tu iras bien, et ça, c'est le plus important », conclut-il.

Il m'a donné une chiquenaude sur la joue, presque une caresse, et s'est dirigé vers l'entrée de l'hôpital.

26

J'étais guéri, a dit le professeur.

Puis il a répété mot pour mot ce qu'il nous avait dit deux jours plus tôt – mais nous avions l'impression que c'était il y a dix ans, dans une autre vie, la vie d'avant. Je pouvais oublier les hôpitaux, les électroencéphalogrammes, les barbituriques et, surtout, les neurologues. Je ne sais pas s'il l'a fait exprès, pour nous prouver qu'il se souvenait bien de ce qu'il avait dit, ou si c'était une formule qu'il récitait, toujours la même, au moment d'annoncer une guérison.

Alors, comme si mon esprit avait fait des montagnes russes, j'ai éprouvé coup sur coup deux émotions opposées.

D'abord, l'euphorie.

Je redevenais un jeune normal, sans aucun handicap secret et inavouable, sans aucune hypothèque sur l'avenir, sans aucun précepte qui me dise ce que je devais faire ou ne pas faire, je n'avais plus besoin de me répéter en permanence que tout allait bien, alors que je savais très bien que ce n'était pas le cas, que j'avais besoin de médicaments.

Puis l'euphorie s'est évaporée et a laissé place à l'effroi.

Le cachet, son rituel, tout ce qui l'avait entouré, avait fait fonction, ces dernières années, d'alibi parfait pour éviter toute responsabilité, et même pour me sentir en crédit avec la vie. Maintenant, de but en blanc, je n'avais plus d'alibi : un geste et quelques phrases prononcées avec un accent français avaient suffi à le balayer.

Tout à coup, je me retrouvais en pleine mer, et je n'étais pas prêt. Mais l'est-on jamais ?

Ensuite, nous avons dormi.

Nous avons dormi dans le taxi qui nous conduisait à l'aéroport ; dormi devant la porte d'embarquement, une fois les formalités et les contrôles expédiés ; dormi profondément dans l'avion, pendant toute la durée du vol, et nous ne nous sommes réveillés que quelques minutes avant l'atterrissage.

Mon père m'a raccompagné chez moi en taxi. Nous étions réveillés, relativement reposés mais, entre nous, un silence gêné était tombé. Après une intimité aussi intense qu'imprévue, nous nous retrouvions dans nos lieux familiers où l'habitude, insidieuse, cherchait déjà à reprendre ses droits.

Mon père a demandé au chauffeur de l'attendre, et il est descendu de voiture avec moi. Le taxi était arrêté à quelques mètres de la porte d'entrée. J'ai pris ma valise dans le coffre et je suis resté un instant là, hésitant. Pourtant, je savais parfaitement quoi faire.

J'ai posé ma valise et j'ai pris mon père dans mes bras. La dernière fois, j'avais neuf ans. Il avait une légère odeur d'eau de Cologne et de cigarette. L'odeur d'un homme du passé.

Avant de franchir le seuil, je me suis retourné pour le regarder. Il a levé le bras. Étrangement, il ne fumait pas.

Après ça, évidemment, je l'ai revu bien des fois. Pourtant, quand je me souviens de lui sans penser à une situation particulière, ou quand parfois je rêve de lui, mon père est là, près de ce taxi, l'air un peu perdu, et il me salue de la main.

Nous restons ainsi quelques secondes, quelques heures. Et puis je me réveille.

Épilogue

Mon père termina son cours, sortit de la salle et dit à l'appariteur qu'il ne se sentait pas bien, il avait peut-être besoin d'un médecin. L'homme l'aida à s'asseoir, desserra se cravate et courut chercher de l'aide. Quand il revint pour annoncer l'arrivée d'une ambulance, tout était déjà fini. On était en avril, dix mois plus tard.

C'est ma mère qui m'a remis la lettre, avec d'autres objets trouvés dans le bureau de mon père. Elle avait les yeux humides et semblait égarée, je ne l'avais jamais vue comme ça.

L'écriture était nette et bien lisible, pleine de hautes pointes mais aussi de courbes à la douceur inattendue, belle, claire et régulière, malgré la feuille blanche, sans lignes. Une seule page, légère et presque joyeuse.

La lettre n'était pas pliée, et il n'y avait pas d'enveloppe : elle n'avait pas été écrite pour être envoyée.

Mon père me disait qu'il était heureux de l'occasion imprévue et imprévisible qui nous avait été donnée à Marseille, et qu'il était heureux de tout ce que nous nous étions raconté comme de tout ce qui était resté en suspens, puisque cela nous donnait un prétexte pour bavarder à nouveau. Ainsi aurait-il continué à me parler, sans se presser, quand l'occasion s'en serait présentée. C'est ce que j'avais pensé moi aussi, au cours des jours et des mois qui ont suivi notre voyage. Nous discuterions à nouveau, nous avions le temps.

Sa lettre s'achevait par une citation de John van Neumann, un grand mathématicien : « Si les gens croient que les mathématiques ne sont pas simples, c'est simplement parce qu'ils ne réalisent pas combien la vie est compliquée. »

Je l'ai copiée sur le mur de mon bureau, à l'université.

Peut-être qu'il n'y a rien d'autre à savoir.

Notes sur le texte

Les citations de la page 74 sont extraites de Jerome David Salinger, *Franny and Zooey*, deux nouvelles publiées pour la première fois dans *The New Yorker* en 1961.

La poésie de la page 76 est extraite de Constantin Cavafy, *Œuvres poétiques*, traduction de Socrate C. Zervos et Patricia Portier, Imprimerie nationale, 1991.

La réplique du dialogue de la page 139, « Faire passer le temps, quelle expression idiote ! Le temps y pense tout seul, à passer, il n'a nullement besoin d'aide », est reprise de Gianrico Carofiglio, *Né qui né altrove. Una notte a Bari*, Rome/Bari, Laterza, 2008 (non encore traduit en français).

La citation de la page 186, « ... *in a real dark night of the soul it is always three o'clock in the morning, day after day*» est extraite de Francis Scott Fitzgerald, *Handle with Care*, publié pour la première fois en 1936 dans le magazine *Esquire*, puis dans le recueil *The Crack-up*, 1945.

L'inscription peinte mentionnée p. 196 est empruntée à Charles Baudelaire, «De l'héroïsme de la vie moderne», in *Salon de 1846*.